LE REVE DE L'ESCALIER

L'écrivain italien Dino Buzzati est né à Belluno en 1906. Après des études de droit faites à Milan (où son père était professeur de droit international), il se tourne vite vers la littérature. Très jeune, il écrit des poèmes. A vingt-deux ans, il est correspondant du Corriere della Sera en Ethiopie, puis correspondant de guerre dans la Marine. A Milan, où il a vécu, il a consacré son temps à écrire et à peindre — plusieurs de ses toiles ont été reproduites en France et Marcel Brion, dans l'Art fantastique, fait l'éloge du peintre Dino Buzzati. Son roman, Le Désert des Tartares, *paru en 1949 en traduction française, obtient un très grand succès. Une de ses pièces,* Un cas intéressant, *adaptée par Albert Camus, a été jouée à Paris en 1956. Dino Buzzati est décédé à Milan en 1972.*

Parmi les cauchemars dont les esprits de la nuit s'amusent à tourmenter les humains, *le rêve de l'escalier* est un des plus efficaces dans sa simplicité. La rampe se dérobe sous la main du dormeur, se fragmente, se pulvérise, les marches hautes comme des tours se creusent en abîmes ou s'amenuisent en barreaux ployant au-dessus du vide — et l'épouvante serre le cœur du dormeur qui s'y croit cramponné.
Cette suite d'espoirs déçus, de certitudes anéanties, de vains efforts incessants a d'autant plus de prix, disent les esprits nocturnes, qu'elle renferme une allégorie de la vie.
Il en est de même, en vérité, pour les vingt-quatre autres textes (contes, récits, variations) du recueil auquel *Le Rêve de l'escalier* donne son titre. De la réalité quotidienne et du pseudo-réel qui hante le sommeil au vrai fantastique, la marge est souvent étroite. Dino Buzzati excelle à glisser de l'une à l'autre, à suivre les méandres des distorsions temporelles, à faire résonner le *tic-tac* de la pendule fantôme annonciatrice de l'avenir, à chausser les lunettes qui révèlent *Les Vieux clandestins,* à brancher la télévision-vérité des *Inventions,* à écouter chiens et *vieille auto.*
L'humour comme dans l'apologue gai de *L'Epouse ailée,* l'observation désabusée d'*Icare* ou de *Lettre d'amour,* l'ironie amère inspirée par les conflits de générations et le Temps dévoreur des êtres, sont d'autres facettes qu'offre ici le talent d'un des meilleurs écrivains italiens contemporains.

ŒUVRES DE DINO BUZZATI

Dans Le Livre de Poche :

LE DÉSERT DES TARTARES
UN AMOUR
LE K
LES NUITS DIFFICILES

DINO BUZZATI

Le Rêve de l'escalier

nouvelles

TRADUITES DE L'ITALIEN PAR MICHEL SAGER

LAFFONT

LE RÊVE DE L'ESCALIER

JE crois que je suis très habile à la production des rêves, en particulier de ceux qui engendrent la peur.

En fait, je suis très demandé. Bien que je ne fasse aucune publicité, les esprits de la nuit me préfèrent à tant de mes collègues qui mettent des insertions coûteuses dans les journaux.

Je dispose d'un répertoire de cauchemars très riches en imagination. Mais il y en a un qui est de loin plus apprécié que les autres; un des moins originaux, je dois l'avouer, et la chose me mortifie un peu : c'est le rêve de l'escalier.

Dans notre milieu, ma réputation est fondée presque exclusivement sur cet article que les esprits nocturnes ne se lassent pas de me demander; bien sûr avec les années je cherche à le perfectionner toujours davantage. Ils disent, les esprits, qu'il est d'un effet irrésistible, d'autant plus que, à les en croire, il renferme une allégorie de la vie.

On essaie ? Voici M. Giulio Minervini, quarante-cinq ans, orfèvre et horloger : peu avant minuit, après avoir regardé la télé, il se couche à côté de sa femme, et bien vite il s'endort.

Comme pour tous les cauchemars angoissants, attendons qu'il se soit coulé profondément dans les replis du sommeil afin qu'il ait du mal à en émerger quand il voudra à toute force se libérer.

Observez-le bien. Il est plus de deux heures. Nous y

sommes, à ce qu'il semble. M. Minervini, couché sur le flanc gauche, ce qui bien sûr facilitera l'opération, on le croirait au paradis, tant l'expression satisfaite de son visage respire la béatitude, et même l'hébétude.

Alors je l'appelle. Il réagit. Il ne voit rien mais il entend, de l'autre côté de la porte, son nom répété avec insistance, et aussi un remue-ménage suspect.

Dans le métier d'orfèvre, l'idée fixe du voleur est fondamentale. Un autre, sans doute, entendant un bruit plus ou moins inexplicable, n'y ferait pas attention. Mais Giulio Minervini si. Laissant sur le lit son propre corps endormi comme une bête, il se lève, enfile en hâte son pantalon et en pantoufles passe dans la pièce voisine. Où, est-il besoin de le dire ? il ne trouve personne.

Alors je me poste dans l'antichambre, et je l'appelle de nouveau. Et quand il apparaît dans l'antichambre je me suis déjà transporté, invisible, sur le palier. Je donne de petits coups à la rampe de fer, je simule un trottinement frénétique, et j'appelle avec un soupir : « Monsieur Minervini, monsieur Minervini ! »

Que se passe-t-il ? L'orfèvre, maintenant au comble de l'agitation, fait coulisser le lourd verrou de la porte blindée, entrouvre un battant, jette un coup d'œil dehors. A ce point les jeux sont faits.

Rapide comme la pensée, je descends au palier inférieur avec un claquement pétulant de talons aiguilles. Et de là je l'appelle, cette fois avec une voix féminine indubitable : jeune, malicieuse, pleine de promesses.

Lui se penche par-dessus la balustrade pour regarder en bas. Il ne voit rien, mais il entend mon souffle qui vient de l'embrasure de la porte d'un appartement où son œil n'arrive pas même s'il allonge le cou.

« Monsieur Minervini ! Monsieur Minervini ! » Maintenant la voix est parfaite, vraiment un murmure provocant et charnel. Et l'orfèvre, parbleu, n'est pas de bois.

Qu'est-ce qu'il fait alors ? Otant ses pantoufles, pieds nus pour ne pas faire de bruit, il commence à descendre l'escalier. La première volée est de douze marches. Ensuite, un palier d'angle, sept marches, un autre palier d'angle, une autre volée de douze. L'éclairage, qui vient d'ampoules placées au-dessus des grands paliers d'où on accède aux logements, est faible et plutôt sinistre, mais on y voit.

Quand il aura descendu cinq ou six marches, la balustrade sur laquelle il appuie sa main gauche lui glissera des doigts, se dissolvant dans le néant. Il en restera un tronçon, dans la partie inférieure de la volée.

Descendre un escalier sans rampe et sans main-courante le long du mur est une chose très désagréable, bien qu'il n'y ait aucun danger si on fait attention.

Cependant la disparition de la rampe a fait disparaître en Minervini la pensée de la fille mystérieuse qui l'appelait; et qui maintenant ne l'appelle plus. Maintenant il n'a qu'un doute : doit-il remonter jusqu'au grand balcon encore pourvu de sa balustrade et rentrer au plus tôt chez lui, mais en affrontant ces sept marches terrifiantes sans garde-fou extérieur ? Ou bien lui convient-il de descendre encore deux marches pour pouvoir attraper le tronçon de rampe d'en bas ?

Dans un silence absolu, l'orfèvre se décide pour la seconde solution, il descend les deux marches, de la main gauche il saisit la main-courante de bois, qui cède comme si elle n'avait été fixée à rien.

Minervini reste là pétrifié, il a dans sa main un lourd morceau de rampe. Avec horreur il le jette dans la cage, s'adosse au mur comme à un refuge, et entend le fracas métallique sur le fond, cinq étages plus bas.

Il comprend qu'il est pris au piège. La seule chose à faire est remonter. Il le fera avec la plus grande prudence, heureusement pieds nus il est moins facile de glisser. Le palier là-haut, avec sa belle balustrade solide, lui apparaît comme un amarrage fabuleux. Pourquoi fabuleux ? Il ne s'agit que de neuf degrés à franchir.

Neuf degrés, il est vrai, mais dans ce très court espace de temps les degrés sont devenus très hauts et étroits, on dirait la paroi d'une pyramide aztèque. Minervini ne me voit pas, mais il sait que je suis là. Il demande : « C'est un rêve, n'est-ce pas ? » Je ne réponds pas. « Je dis : c'est un rêve, n'est-ce pas ? » répète-t-il. Et moi : « Bah ! on verra plus tard. »

Il se mettra à quatre pattes, pour avoir quatre points d'appui au lieu de deux. Sage précaution parce que dans l'intervalle il devra constater que les marches ne sont plus de vraies marches avec un plan horizontal mais de simples barreaux métalliques qui sortent d'environ un mètre du mur, distants l'un de l'autre d'une quarantaine de centimètres, et entre l'un et l'autre il y a le vide. En outre les barres sous lui ont à moitié disparu et s'ouvrent des crevasses épouvantables qu'il faudrait franchir d'un saut d'acrobate, ce qui serait une folie parce qu'en dessous s'enfonce en entonnoir le précipice.

Un échelon, deux échelons, trois échelons, il en manque encore six pour arriver à l'étage. La main se tend, cherche, le prochain échelon n'est plus là. A cet instant précis l'échelon sur lequel il appuie le pied gauche vient à lui manquer, il a à peine le temps de saisir des deux mains l'unique échelon restant, et de s'y mettre dangereusement à califourchon. Il ne peut plus bouger de là, il ne pourra plus jamais bouger, plus jamais. Et qui viendra à son secours ?

Alors il appelle au secours. Oh ! s'il pouvait. Bien qu'il y mette tout son souffle, aucun son ne sort de sa gorge. Au secours, au secours ! Avec horreur il se rend compte que le barreau sur lequel il est recroquevillé s'affaisse sous lui lentement, comme s'il était devenu de caoutchouc. Il s'agrippe désespérément à l'attache, il serre les genoux sur le tronçon flasque. Mais il sait que tout est inutile.

Il m'appelle : « Dis-moi, dis-moi. C'est un rêve, n'est-ce pas ? Si c'est un rêve, le moment du réveil viendra. C'est un rêve, n'est-ce pas ? »

Et moi : « Bah ! on verra plus tard. »

CRESCENDO

MADEMOISELLE ANNIE MOTLERI entendit frapper à la porte et alla ouvrir. C'était son vieil ami, maître Alberto Fassi, le notaire. Elle remarqua que son pardessus était tout mouillé, signe que dehors il pleuvait. Elle dit : « Ah ! quel plaisir, cher maître Fassi. Entrez, je vous prie. » Il entra en souriant et lui tendit la main.

Mlle Motleri entendit des coups à la porte. Elle eut un tressaillement et alla ouvrir. C'était maître Fassi, le notaire, son vieil ami, et il portait un pardessus noir d'où la pluie s'égouttait encore. Elle lui dit en souriant : « Ah ! quel plaisir, cher maître Fassi, entrez, je vous prie. » Fassi entra à pas lourds et lui tendit la main.

Mlle Annie eut un sursaut quand elle entendit que quelqu'un frappait à la porte. Elle bondit du petit fauteuil où elle était en train de broder et courut ouvrir. Elle vit le vieux notaire Fassi, ami de la famille, qui depuis plusieurs mois n'avait pas donné signe de vie. Il semblait alourdi et bien plus corpulent que dans son souvenir. D'autant plus qu'il portait un imperméable noir trop large, qui tombait en gros plis, brillant de pluie, ruisselant de pluie. Annie s'efforça de sourire et dit : « Ah ! quelle belle surprise, cher maître Fassi. » Sur quoi l'homme entra d'un pas pesant et pour lui dire bonjour lui tendit sa main massive.

Désormais fanée, Mlle Motleri, qui brodait dans le salon éclairé par la lumière livide d'une fin d'après-midi pluvieuse, était en train de rajuster une mèche de cheveux gris qui avait glissé sur son front, quand elle entendit des coups violents à la porte. Elle eut une violente secousse nerveuse dans son fauteuil, elle se leva brusquement et se précipita pour ouvrir la porte. Elle se trouva nez à nez avec un homme massif qui portait un imperméable de caoutchouc noir, à écailles, dur et visqueux, d'où l'eau tombait en cascades. Sur le moment elle crut reconnaître le vieux notaire, maître Fassi, l'ami des anciens temps, et forçant un sourire sur ses lèvres elle dit : « Oh ! quelle belle surprise. Mais entrez, je vous en prie, venez. » Sur quoi le visiteur avança dans l'antichambre avec un fracas de pas comme s'il avait été un géant et pour lui dire bonjour il lui tendit sa grosse main musclée.

Dans la torpeur postméridienne de son chez-elle, les coups répétés à la porte secouèrent violemment Mlle Motleri, qui était plongée dans une broderie savante. Malgré elle, elle fit un bond dans son fauteuil, laissa échapper la nappe qu'elle brodait, qui s'affaissa sur le sol, tandis qu'anxieusement elle se hâtait vers la porte. Quand elle eut ouvert, elle se trouva nez à nez avec une silhouette noire, massive et brillante, qui la regardait fixement. Sur quoi elle dit : « Mais vous... mais vous... » Et recula, tandis que le visiteur entrait dans la petite antichambre, et ses pas pesants résonnaient d'une manière incompréhensible dans le grand immeuble.

Elle fut très rapide, Annie Motleri, à atteindre la porte, des mèches désordonnées de cheveux gris lui pleuvant sur le front, au moment où se fit entendre l'écho des coups répétés de quelqu'un qui voulait entrer. D'une main tremblante elle tourna la clef, puis abaissa la poignée, ouvrant la porte. Sur le palier se tenait une forme vivante, massive et puissante, de couleur noire, toute à écailles, avec deux petits yeux pénétrants et des espèces d'antennes visqueuses qui se tendaient vers elle en tâtonnant. Sur quoi elle gémit : « Non, non, je vous en prie... » Et se retirait épouvantée, tandis que l'autre avançait d'un pas de plomb, et toute la maison en résonnait.

Alors que Mlle Motleri, appelée par des coups insistants à la porte, eut couru ouvrir, elle se trouva nez à nez avec un être noir recouvert d'une cuirasse luisante et noire, qui la fixait en tendant vers elle deux pattes noires qui finissaient chacune par cinq griffes blanchâtres. Annie, d'instinct, battit en retraite, mais elle tenta de refermer le battant et gémit : « Non, non ! Pour l'amour de Dieu... » Mais l'autre, appuyant de tout son énorme poids sur le battant, l'écarta toujours davantage, et finit par s'ouvrir un passage et par entrer, et le parquet craquait sous sa masse gigantesque. « Annie... », mugissait l'intrus, « Annie... uh, uh... » Et vers elle il tendait ses horribles griffes blanches.

Elle n'eut pas la force d'appeler au secours, Mlle Annie Motleri, quand, appelée par des coups énergiques à l'entrée, qui aussitôt l'avaient mise dans un état d'orgasme inexprimable, elle se précipita pour ouvrir et vit un coléoptère ténébreux immonde mastodontique, un scarabée, une araignée, une créature faite de plaques luisantes articulées qui formaient un monstre puissant, lequel la fixait avec deux minuscules yeux phosphorescents (où étaient renfermées toutes les profondeurs fatales de notre vie misérable); la créature tendait vers elle des dizaines et des dizaines d'antennes rigides qui se terminaient en crochets sanguinolents. « Non, non, maître Fassi... », supplia-t-elle, reculant, et elle ne put en dire davantage. Alors la bête la saisit avec ses horribles griffes.

La toute-jeunette Annie Motleri entendit frapper à la porte et alla ouvrir. C'était le monstre, l'enfer, l'antique dieu-serpent, qui la pénétrait jusqu'au cœur avec ses petits yeux de phosphore et de feu. Et avant qu'elle ait eu le temps de faire même un pas en arrière, il fit jaillir ses tenailles de fer, et enfonça ses gros ongles dans le tendre petit corps, dans la chair, dans les viscères, dans l'âme sensible et souffrante.

Vous la connaissez, Mlle Annie Motleri ? Quarante-cinq ans, eh non, vous voulez rire. Certes, elle vit seule. Qui voulez-vous désormais... ? Elle brode, elle brode, dans l'appartement silencieux. Mais qu'est-ce qui lui prend maintenant, de faire ce saut dans son fauteuil ? Peut-être quelqu'un a-t-il frappé à la porte ? Vous plaisantez. Non, personne n'a frappé, personne, personne. Qui pourrait jamais frapper à cette porte ?

Et pourtant la demoiselle a couru avec un battement de cœur lancinant, se prenant les pieds dans le tapis, heurtant contre l'angle du trumeau, haletante. Elle a tourné la clef, elle a abaissé la poignée, elle a ouvert.

Le palier est vide. Vides les dalles du palier, sous la lumière grise qui vient de la verrière grise et ne pardonne pas, la rampe est noire et immobile, immobile la porte de l'appartement d'en face, tout est immobile, vide et perdu à jamais. Il n'y a personne. Le néant du néant du néant.

Mais l'antique regret est là. L'affliction inguérissable est là. La maudite espérance des anciennes années est là. Le monstre invisible est là. Lentement il enfonce ses aiguillons dans le cœur solitaire. •

LE PAPILLON

L'HONORABLE Aldo Smith, sous-secrétaire à l'Ordre public, était en train d'écrire laborieusement son discours de réponse à l'interpellation de l'honorable Fossambra (son collègue de parti !) — qui l'accusait d'avoir eu la main lourde avec les « Chevaliers errants » — quand de la fenêtre arriva un très léger bruissement.

Les nerfs toujours tendus par la crainte d'un attentat imminent — les lettres anonymes de menace contre lui formaient désormais un lourd dossier — il leva instantanément les yeux. Et avec soulagement il vit un papillon gris qui, entré par la fenêtre entrouverte, ne réussissait plus à reprendre sa liberté, empêtré comme il était dans le rideau de voile.

Celui que les manifestants surnommaient d'habitude « le Grand Bourreau », après avoir observé longtemps les inutiles efforts de la bestiole pour trouver un passage, posa sa plume, se leva, porta une chaise sous la fenêtre, monta sur la chaise et, à l'aide d'un long tire-ligne, atteignit le papillon et essaya de le pousser vers le dehors. Mais le petit animal, au lieu d'aider ses efforts, se débattait épouvanté, s'enfonçant toujours davantage dans les plis du rideau. Si bien que Smith, déçu, renonça à sa bonne action. « Papillon, papillon, dit-il, il y a quelqu'un qui veut te sauver mais tu ne comprends pas. Si seulement tu avais une miette de ma cervelle, tu serais déjà en sûreté depuis un bon moment. » Et il se remit au travail.

Quand arriva le soir il n'avait pas encore fini. A huit heures et demie l'huissier vint prendre congé parce que la journée était finie. On n'avait plus de nouvelles du papillon. Il avait dû se prendre dans les plis du voile où on pouvait présumer qu'il finirait ses heures, ou ses jours. Dans le grand immeuble ministériel, l'honorable Smith resta seul.

La rédaction du discours continuait laborieusement. Il n'était pas facile d'affronter au Parlement le thème des « Chevaliers errants ». On ne savait même pas précisément qui ils étaient, en dehors du fait qu'ils s'étaient résolument mis hors la loi. Des exaltés ? Des bandits de grands chemins ? Des révolutionnaires ? De sanguinaires maniaques ? Des voyous drogués ? Des adeptes d'une secte religieuse ? Des intellectuels dépravés ? Certes, lui Smith ne souhaitait pas les rencontrer.

Quand minuit sonna, l'épineux discours n'était pas encore arrivé à la moitié. Mais l'honorable s'obstina. Il acheva la conclusion au moment où par la fenêtre entrait la première lueur de l'aube. Il tombait de sommeil. Tandis qu'il se levait de la table, son œil fut attiré par une petite tache claire sur la moquette gris souris. Il s'approcha. C'était le papillon. Il ne donnait plus signe de vie. Amen.

En bas, dans la cour, Smith mit en marche sa voiture; le voyant rouge s'alluma, l'essence était sur la réserve. Arriverait-il jusqu'à chez lui ? Quelle idée, vraiment, de construire un ministère dans une lointaine banlieue, presque dans la campagne.

Ce qu'il craignait se produisit. Au bout d'à peine un kilomètre, avant d'entrer en ville, le moteur, après quelques éternuements, s'arrêta. Il faisait encore sombre, aucun camion ne passait, il ne passait pas âme qui vive, et à cette heure il ne fallait pas espérer trouver un poste d'essence ouvert.

Blasphémant silencieusement, il descendit de l'auto et se mit en chemin à pied. Il était mort de fatigue, et comme ivre. Il marchait en titubant, les yeux fixés sur l'asphalte.

Tout à coup deux hommes, comme jaillis de dessous terre. Il les trouva en face de lui à une douzaine de mètres. Il les reconnut aussitôt, à cause de leur coiffure spéciale, en forme de crête, comme dans certaines tribus d'Afrique. Un en manches de chemise, l'autre avec un blouson de cuir. Le premier, un blond, empoignait un objet qu'il reconnut avec horreur : un de ces atroces crochets qui servent aux bouchers pour soulever les quartiers de bœuf. C'étaient deux « Chevaliers errants ».

Il s'arrêta et en un éclair fit le point. A gauche un canal, à droite un pré inculte qui finissait contre l'enceinte d'une usine. Derrière, à cinq cents mètres environ, sa voiture; mais à quoi pouvait-elle servir ?

Les deux hommes s'étaient arrêtés eux aussi. Ils plaisantaient tranquillement.

« Mais c'est magnifique ! Tu as vu ?

— J'ai vu.

— Tu sais qui c'est ?

— On dirait, mais j'ai peine à y croire, que c'est le Grand Bourreau en personne.

— Ce serait trop beau, non ?

— Ce serait d'une beauté diabolique.

— Et, supposons, si c'était vraiment lui, l'honorable, quel petit cadeau voudrais-tu lui faire ? Quel hommage pourrions-nous inventer ?

— Moi, si c'était vraiment l'honorable Bourreau, je lui ferais le service spécial, un vrai traitement de luxe... Non, non, ne bouge pas, mon petit monsieur, inutile de courir, sois tranquille, tu y passeras à coup sûr. » Et il brandit son affreux outil en avertissement.

Smith se sentit perdu. Il était clair que ces deux-là, dans une situation aussi favorable, au minimum le réduiraient en bouillie. D'où, de qui pouvait-il espérer un secours ? Les sentiments tourbillonnaient en lui avec une violence épouvantable.

Cependant l'aube était venue et les rares réverbères s'éteignirent. Contre le ciel laiteux de la périphérie, tandis qu'une désolation d'agonie le submergeait, il vit le vol zigzaguant d'une chauve-souris. Les deux terribles individus se dirigeaient vers lui, sans hâte. La chauve-souris s'éloignait. « Ah ! si je pouvais faire l'échange ! » pensa-t-il de toute la force de sa pensée.

Il se trouva soulevé en l'air, voletant au-dessus d'une route où deux jeunes gens, lentement, rouaient de coups un homme fluet sur la quarantaine, qui poussait des cris atroces. Il n'était plus un homme, il n'était plus sous-secrétaire, il n'était qu'une chauve-souris, mais il était sauf.

Comme la lumière augmentait, il sentit le sommeil l'envahir. Il y avait une ferme là-bas. Il s'y rendit. Il entra sous le toit d'un fenil, se suspendit la tête en bas à une poutre. Tout autour, un chœur de protestations.

« Qui es-tu ? Qu'est-ce que tu veux ? hurlaient d'autres chauves-souris.

— C'est complet ici. Nous sommes déjà trop. Dehors, dehors !

— Je suis l'honorable Smith, répliqua-t-il aussitôt, sous-secrétaire dans le ministère Bastogi.

— Quoi ? Quoi ? Sous-secrétaire ? Qu'est-ce que ça veut dire ? »

C'était un dialogue de sourds. Il s'en alla, se traînant péniblement dans la lumière qui blessait la membrane de ses yeux. Il aperçut une grande ombre élancée. Un clocher. Il s'installa dans la chambre des cloches. Il n'y avait personne. Bien sûr : avec le fracas des sonneries, avec ce va-et-vient de courants d'air. Oh ! son bureau confortable au ministère, avec la moquette gris taupe.

Il dormit jusqu'au soir. L'obscurité le ranima. En route, à l'air libre, à la chasse aux moustiques et aux moucherons. Myope comme toutes les chauves-souris, il a pourtant réussi à retrouver le bâtiment du ministère. Il tourne autour. Mais tout est éteint. Même la troisième fenêtre au premier étage, son bureau.

Il aurait une grande envie d'y entrer, mais les vitres ne sont qu'entrouvertes par une fissure étroite : ce serait une imprudence fatale. Si au matin on le surprenait là-dedans, tout honorable qu'il fût, ce serait sa fin. Alors lui revint à l'esprit le papillon.

Il y en a, le matin, des papillons, dans les prés incultes autour du ministère. Ils se lèvent de bonne heure. Il s'agit seulement de résister à la lumière et au sommeil. Smith résiste, il est vraiment la dernière chauve-souris en circulation. Et les passereaux le regardent déconcertés.

Enfin. Un papillon couleur isabelle, la mieux adaptée pour la mimétisation sur le rideau. Il erre au-dessus des fleurs du pré. L'honorable chauve-souris amorce sa descente. « Ah ! si je pouvais faire l'échange ! » implore-t-elle. Et s'éloigne d'un vol gracieux, sur ses ailes de soie.

Maintenant, petit comme il est, il peut impunément entrer dans son bureau, troisième fenêtre à droite, premier étage.

Avant d'entrer, un bref coup d'œil. Etrange. A la table il y a un homme. Comme il est matinal ! Il est assis, et il écrit. Bon Dieu ! Il n'a pas perdu son temps, le cher collègue Fossambra, à faucher la place.

Il entre avec circonspection, s'attache silencieusement en haut du rideau, de là il peut dominer la scène. L'honorable Fossambra ne s'est aperçu de rien, comment aurait-il pu ? Imperturbable, il continue à écrire; son premier discours de sous-secrétaire, c'est probable.

Mais maintenant son collègue Smith lui fera une belle farce. Lui Smith possède — et il l'a vérifié deux fois — cet extraordinaire pouvoir. Il dira encore : « Ah ! si je pouvais faire l'échange ! » Et Fossambra deviendra papillon et lui Smith deviendra Fossambra, donc sous-secrétaire comme avant. Après quoi, pour ne pas courir de risque, il ne restera qu'à se débarrasser de la bestiole.

Mais pourquoi tout de suite ? Il vaut mieux que ce soit Fossambra qui travaille jusqu'au soir. D'autant plus que lui, Smith, a sommeil à en mourir, tout le sommeil en retard de la chauve-souris. Il se glisse donc dans un pli du rideau, les ailes bien fermées en ombrelle, et il s'endort paisiblement.

Il a à peine eu le temps de fermer les yeux que

l'honorable Fossambra se lève furtivement, la règle à dessin dans le poing gauche, sur la pointe des pieds il porte une chaise sous la fenêtre, monte sur la chaise, vise, donne une claque énergique de tire-ligne au papillon qu'il précipite en bas, mort, sur la moquette gris souris, sans même un soupir.

MOSAÏQUE

MIRACLE : il passe de moins en moins de voitures, on n'entend plus les klaxons aboyer, au matin l'auto abandonnée le long du trottoir n'est plus salie par le smog, le téléphone ne sonne plus sans arrêt, la boîte aux lettres est presque vide. Que se passe-t-il ? Quelle consolation, quelle paix, quel silence ! Mais... mais comme était beau le temps jadis !

En plein centre, passe une camionnette découverte délabrée conduite par deux bouchers à la mine torve. Derrière, un jeune homme blond sanglote, courbé, la tête dans les mains.

Quand je me mets à l'unique fenêtre de mon logement, ou même quand j'entrouvre les rideaux, il y a toujours un homme, ou une femme, qui m'épie de l'autre côté de la cour. Même aux heures les plus insolites.

Depuis dix ans, c'était en équilibre juste sous le sommet du Tribolaun. Chaque été un déplacement de quelques centièmes de millimètre. Le lugubre plongeon, quand à la fin cela se détacha en se fracassant le long de la paroi, se confondit avec le dernier hurlement atterré des deux alpinistes.

Avec tout ce qu'elle a eu. Avec tout ce qu'elle a passé. Pauvre lapin. Elle ne faisait qu'entrer et sortir des hôpitaux. Mais quel beau petit visage rose et détendu. Une vraie petite madone.

Tandis qu'il discutait avec le professeur de matérialisme dialectique, tandis qu'il s'entretenait avec le père Alfonso, général des jésuites, tandis qu'il suivait l'enterrement de son vieil ami d'enfance, passa une fille, bottes noires luisantes et souples adhérant aux mollets, et puis un beau morceau de cuisses découvertes presque jusqu'à l'aine.

« Ah ! si Dick devait mourir, plus jamais de chiens, jamais plus. Des ennuis, rien d'autre. Comment le prendrons-nous ? Un de ces noirs à poils longs, tu sais ? »

De temps en temps, tous les deux ou trois mois, à une certaine heure de la nuit les bruits de la ville s'éteignent tout à coup. Et on entend le tic-tac de la montre, depuis des mois personne ne s'en souvenait. Et pourtant il continuait à avancer. Et maintenant encore il continue. Il avance, dis-tu ? Il court, il galope, il vole. Tu comprends ? Il est le temps. Il se précipite, dévorant notre vie, olé.

L'homme malheureux en amour, après des années de soupirs, réussit enfin à porter dans son lit la beauté dont il est éperdument amoureux. Au lit, elle a un malaise. Le médecin, l'hôpital, etc. A la fin il comprend que la belle ne lui avait cédé que parce qu'elle savait qu'elle devait mourir.

Pour désencombrer un peu la maison, il s'est débarrassé de la vieille armoire après l'avoir vidée. Mais les déménageurs la trouvent exagérément pesante. Ils l'ouvrent, regardent, découvrent une masse de lourds secrets horribles, qu'il avait complètement oubliés.

L'archange inspecteur va faire un contrôle en enfer. Il trouve tout en désordre, abîmé et sale. Puis il se fait donner le registre, et efface une quantité de noms : « Ceux-ci ont fini. » Le diable : « C'est absurde. Et les peines éternelles, qu'est-ce qu'on en fait ? » L'inspecteur : « Les peines éternelles n'existent pas, ce ne sont que des armes de dissuasion. » Et l'autre : « Mais tu les gâtes. Ceux-ci sont endurcis. Ils se sont habitués. Ils ne sauraient pas où donner de la tête. »

Il a la manie d'être malade, il en parle à tout le monde, le bruit court, et enfin revient à lui. Il apprend ainsi que son état est très grave, selon l'opinion des autres. Alors il relance la nouvelle sur un mode catastrophique. Et finalement, amplifiée de bouche en bouche, la nouvelle l'atteint pour la seconde fois, comme un « boomerang ». C'est ainsi qu'il apprend qu'il est mort.

La fille amoureuse souffrait tant, que le démon lui-même en eut pitié. Il vint la trouver et lui promit l'aimé. A une seule condition : que jamais, jamais, sa vie durant, pas même avec une simple caresse, une seule pensée, elle ne le trahirait; sous peine de mort pour elle, pour lui, pour leurs enfants. En sanglotant, elle fut contrainte à renoncer.

Tu verras. Là où tout enfant tu jouais avec la balle de chiffons des petits pauvres, voici un immeuble neuf et splendide, vingt-cinq étages, acier et cristal, milliardaire. Dans le hall, rentré dans la nuit, le banquier d'origine suisse, le fameux Cecè, crac, raide mort.

Le général en très grand uniforme se démène, pendant des heures, pour décorer le caporal-chef vainqueur, qui bombe le torse. Médailles par-ci, médailles par-là, une vraie sonnaille. Le soir tombe et il n'a pas encore réussi à le recouvrir entièrement.

« Prends garde, je te tuerai. — Allons donc, crétin.

Et d'abord, avec quoi ? » Lui en riant lève la main droite, comme si. A cet instant ils ont frappé à la porte.

Sur le seuil de la maison de l'oculiste qui a prononcé un diagnostic funeste. Pluie glacée. Alentour, le délire du 24 décembre. Désormais seule au monde. Avec son vieux chien malade et presque aveugle; lequel ne parle pas et tousse. Un taxi, pour l'amour de Dieu. Soir de fête, de sérénité, de Noël.

C'est une maison neuve mais depuis quelque temps elle commence à avoir mauvaise mine. Rien d'inquiétant, bien sûr. Quelques mois plus tard elle exhale le dernier soupir. Et après ? Après, tout continue de même. Rien de changé : les locataires l'habitent, les cheminées fument. Mais la maison est morte.

A la grande fête, la célèbre beauté refuse orgueilleusement de mettre un masque. Et au début elle triomphe. Puis on la néglige. Puis on la fuit. Enfin, par hasard, elle se voit dans la glace : elle est devenue vieille, décrépite. Et l'aube est encore loin.

Aux enfants, pour qu'ils n'aillent pas déranger le vieil oncle prêtre, on dit que dans l'antichambre de son petit appartement il y a deux anges gardiens; et que si un inconnu essaie de forcer l'entrée, ils le prennent et le portent en enfer. En tout cas, un soir, les deux enfants y sont allés. Personne ne les a jamais plus revus.

Sur le balcon. Fauteuil d'osier. Bretelles. A contempler les trains qui passent dans l'étroit espace entre les deux maisons d'en face. La locomotive splendide. Le tender. Les wagons. Les fenêtres illuminées. Les wagons. Encore un. Encore un morceau. Encore un petit bout. Le dernier panache de fumée. Train ! Train !

Rentrant par-derrière dans le grand hôtel de montagne — le corridor, la dépendance, l'odeur de cuisine — le célèbre philosophe et juriste remarqua les jambes nues de la petite bonne agenouillée en train de laver par terre, ses pieds sans souliers, la plante noire de crasse. Président honoraire du tribunal des mineurs.

Du pré de banlieue un souffle souleva deux feuilles sèches. Elles tourbillonnèrent, se touchant, s'écartant. Elles se faisaient des farces ! Flirt mélancolique. Elles se couchèrent. Du nord descendaient de longs nuages gris chargés d'hiver.

TIC-TAC

JE connais un médecin, neurologue déjà très affirmé bien qu'il n'ait pas encore quarante ans, qui, en marge de son activité normale, s'intéresse aux phénomènes qu'on qualifie de métapsychiques, ou parapsychiques, et il a rassemblé sur la question une remarquable documentation de première main.

Je le rencontre souvent chez un ami commun; où, les soirs où il est en veine, il raconte quelques-unes de ses expériences singulières.

Entre autres il a parlé plus d'une fois d'un phénomène presque ignoré du public, et pourtant, à ce qu'il dit, assez fréquent. Devant ma curiosité, il a ensuite accepté de me donner à lire divers témoignages qu'il a rassemblés sur cet argument : me donnant même la liberté d'en écrire, naturellement sans donner les noms, à cause du secret professionnel. Raison pour laquelle il est clair que mon compte rendu, du point de vue scientifique, n'a aucune valeur.

Il s'agit du phénomène qu'on appelle, selon les cas, « de la pendule », ou « du battement fatal », ou plus simplement et modestement « du tic-tac ». Il n'a rien à voir — je le dis tout de suite — avec la vieille légende des pendules qui, même à une grande distance, s'arrêtent à l'instant même où leur propriétaire meurt (cas que jusqu'à présent le neurologue n'a jamais rencontré). Le tic-tac peut avoir un sens maléfique, mais quelquefois, comme nous le verrons, il a été au contraire un présage heureux.

Parmi les relations que j'ai lues, la plus détaillée a été rédigée directement par la protagoniste, une certaine Mme A. A. qui vit à Udine. Elle se réfère à une époque passée, quand elle avait à peine quinze ans et était en classe de seconde au lycée. A.A. — m'a assuré mon ami médecin — est une personne très sensible mais en même temps très équilibrée. A cause de sa longueur je condenserai le récit, qui est écrit avec une efficacité peu commune.

Adolescente pleine de santé, A. avait en ce temps-là l'habitude de se coucher au plus tard à dix heures et elle s'endormait presque immédiatement. Elle dormait seule dans une petite chambre à côté de celle de ses parents; deux frères plus petits occupaient une autre chambre un peu à l'écart, au bout du corridor. C'était une vieille maison de province, typique de la bonne bourgeoisie du XIXe siècle.

D'habitude, la jeune fille dormait sans interruption jusqu'au matin suivant. Une nuit, au contraire, environ une heure après s'être endormie, c'est-à-dire vers onze heures, elle se réveilla avec « une sensation d'inquiétude ». Et dans le profond silence de la maison elle entendit d'une manière précise, derrière la tête du lit, un battement rythmiquement scandé, qui paraissait celui d'une horloge à balancier.

Elle pensa tout d'abord que c'était sa petite montre-bracelet : parfois, aux heures avancées de la nuit, les meubles, comme des caisses d'harmonie, amplifient monstrueusement la frêle voix de montres même minuscules qui sont posées dessus. Mais son bracelet-montre, en ce moment, se trouvait dans la partie opposée de la chambre, sur un petit divan rembourré qui ne pouvait absolument pas produire des résonances anormales.

Il n'y avait pas de pendule dans la chambre. Il n'y avait jamais eu d'horloge à balancier dans l'appartement. Et l'intensité du battement excluait que le bruit pût provenir de l'étage au-dessus ou de celui d'en dessous.

Etonnée, A. alluma la lumière et fit le tour de la

chambre en cherchant à identifier l'origine du battement qui, « bien qu'on pût le prendre pour celui d'une pendule, avait un timbre profond et grave, qui n'avait rien d'agréable ».

Sinon que, à mesure qu'elle bougeait, elle eut l'impression que le tic-tac la suivait en se déplaçant toujours derrière son dos. Un cauchemar alors ? Une hallucination ? Impressionnée, l'adolescente alla réveiller sa mère. Or la mère entendit nettement le tic-tac qui semblait provenir du mur derrière le dos de la fille.

Toutes deux se mirent à chercher, sans rien trouver qui pût justifier le phénomène. Et ce qu'il y avait de plus inquiétant, c'était ceci : le battement ne se produisait pas dans la chambre de la jeune fille, mais la suivait dans le corridor si elle passait dans le corridor, dans la salle à manger si elle allait dans la salle à manger, et ainsi de suite. Tandis que dans les autres pièces régnait le silence habituel.

Elles commencèrent toutes deux à avoir peur. Si bien qu'elles se décidèrent à réveiller le père. Lequel, tout en grognant contre les manies des femmes, se leva lui aussi et pendant environ une heure participa à la recherche; à la fin, mort de sommeil, il abandonna femme et fille à leurs appréhensions et se glissa de nouveau sous les couvertures, retournant au repos du juste.

Incapables de se calmer, mère et fille continuèrent à fouiller la maison, les meubles, les tiroirs, les placards. Et toujours cet horrible tic-tac accompagnait la jeune fille, de mur en mur, vibrant invariablement derrière son dos.

Six heures sonnèrent; elles étaient encore éveillées. Elles ne savaient plus quoi penser ni quoi faire. Ce tourment ne leur laissait pas de répit.

Six heures ! Un peu plus tard, au-dessus de la crête des toits d'en face, le jour naissant diffusa peu à peu sa lumière. Puis le soleil se leva. Et au premier rayon timide qui pénétra dans la maison, le battement s'arrêta enfin et le silence se fit.

Le lendemain, à trois heures de l'après-midi, près

de la maison, A.A., en traversant la rue, fut renversée par un camion, et pendant plus d'un mois elle demeura entre la vie et la mort.

Le récit, presque trop méticuleux, de plus de vingt pages dactylographiées, était contresigné par la mère, toujours en vie, et par le père, mort depuis trois ans.

Le dossier sur « la pendule », très épais, comprenait au moins une trentaine de relations, la plupart très sommaires. Toutes parlaient d'un bruit rythmique inexplicable (certains, au lieu d'un tic-tac, parlaient d'une goutte); et chaque fois, le lendemain, une chose grave s'était produite.

Le tic-tac accompagna en voiture — le chauffeur en témoignait — un armateur d'Ancône qui se rendait à Rome pour affaires et qui le lendemain fut foudroyé par un infarctus rue Lazzaro Spallanzani.

Le phénomène se serait produit, avec une intensité impressionnante — au dire d'un survivant — dans une maison de Longarone la nuit qui précéda la fameuse catastrophe du Vajont.

Mais il y avait aussi les rapports positifs, en un certain sens encore plus étranges.

Un collègue de notre neurologue, par exemple, lui racontait dans une lettre qu'une pendule mystérieuse s'était mise à battre, de nuit, quelques heures avant que lui fût communiquée sa nomination, aussi imprévue que désirée, comme directeur d'un grand hôpital.

Un autre cas se rapportait au mariage fabuleux d'une humble petite actrice à ses premières armes.

Il y avait aussi la confession, pleine de fautes de grammaire, d'une femme aujourd'hui puissante et célèbre, dictatrice de la mode et de la beauté dans le monde; alors inconnue et pauvre. Elle fut obsédée par un tic-tac impérieux pendant une nuit entière; découragée et seule dans une sordide chambrette de pension, elle méditait déjà de tristes projets. Moins de vingt-quatre heures plus tard, la rencontre tout à fait fortuite d'un jeune avocat conseiller d'une importante industrie de confection, lui ouvrait la route du succès.

Je lisais, lisais. Il me restait encore à explorer une épaisse pile de dossiers. Les chroniques du destin qui, d'une manière ou de l'autre, avait frappé à la porte. Et le soir était venu. Le médecin, dont je ne peux pas donner le nom, était assis en face de moi sur un divan, et sans dire un mot il me regardait, comme en attente.

Qu'attendait-il ? Dans le silence du cabinet et de la nuit — je le jure — d'abord presque imperceptible comme un pur produit de l'imagination, puis progressivement de plus en plus net et scandé, j'entendis une pendule qui battait.

C'était un cabinet médical d'un style strictement scientifique, blanc et nu, sans aucune complaisance de décoration. Je regardai autour de moi, mais on ne voyait aucune pendule. Je portai les yeux sur lui. Il me fixait, très pâle.

Je pensai à un piège : à une machination aussi astucieuse que délicate pour me préparer à un diagnostic fatal. C'était un tic-tac profond, lent, qui semblait sortir du parquet, à mi-chemin entre nous deux.

J'osai : « Dites-moi, professeur... Est-ce que ce serait pour moi ? »

Il secoua la tête : « Plût au Ciel... pardonnez ma franchise !

— Pourquoi ?

— Tranquillisez-vous. Ce martèlement est pour moi.

— Vous voulez dire que... ?

— Depuis plus d'un mois. Chaque nuit. Tic-tac, tic-tac. Sans répit. L'avertissement du destin ? L'obscure sentence ? Depuis plus d'un mois, je le répète. La pendule. Mais aux autres il arrive quelque chose le lendemain. A moi, rien. Jour après jour, tout comme d'habitude. Ni malheurs, ni surprises, ni révélations, ni coups de chance, ni amours. Le destin qui frappe à la porte ! Vous avez lu, non ? Vous vous êtes persuadé, non ? La pendule de la Moira fait tic-tac et le lendemain... Mais pour moi, rien... N'est-ce pas triste ? N'est-ce pas humiliant ? Un pauvre diable, voilà ce que je suis... »

ANECDOTES DE LA VILLE

DANS les grandes villes, dans les énormes capitales, se produisent des phénomènes qui ailleurs — dans les petits centres urbains, les villages, les campagnes — n'ont pas lieu : sans doute en relation avec la massive concentration d'unités humaines et la prévalence de l'élement mécanique. J'en cite quelques-uns que je suis venu à savoir.

LE TROLLEY

A Milan, quand j'étais petit, existait une croyance populaire dont personne ne parlait volontiers : sur la ligne de tramway numéro 6, qui du centre allait au *Monumentale* en passant par *via Brera, via Solferino, via Statuto,* et cætera, quant à cause d'une irrégularité technique ou d'un excès de vitesse le *trolley* sautait en se détachant du câble électrique, à cet instant précis dans la ville mourait un enfant. En fait je me rappelle vaguement avoir assisté — je devais avoir huit ans — à une scène dramatique à laquelle je ne compris rien. Au carrefour de *via Pontaccio,* un tram de cette ligne 6 s'arrêta brusquement avec de grands battements de l'antenne métallique qui était sortie de son rail aérien. Le *wattman,* un jeune homme barbu, se précipita pour la remettre en place, mais il fut cerné par un groupe de femmes sorties en un éclair des maisons voisines : elles l'injuriaient, et l'une d'entre elles se mit à lui assener sur la tête des coups de parapluie avec une fureur sauvage. J'eus à peine le temps de le voir prendre la fuite le long de *via Fatebenefratelli*. Ma maman, épouvantée, m'entraîna, et j'eus beau insister pour me faire expliquer la chose, elle répondit : « Non, non. Ce sont des choses qu'il vaudrait mieux ne pas avoir vues. » Bien plus tard, quand je vins à connaissance de la légende (la ligne 6 n'existait plus) je compris le pourquoi de la scène.

LE PAQUET

Pendant un certain nombre d'années, ici à Milan, j'ai habité *piazza Castello*, à la fin des numéros pairs. La nuit, je laissais mon auto, alors une jardinière Fiat, rangée le long du trottoir. Et souvent j'oubliais de la fermer à clef. Un matin, j'ouvris la portière et m'apprêtai à m'asseoir, quand je remarquai que sur le siège de droite il y avait un paquet. C'était un emballage grossier de papier journal lié par une ficelle, et il en suintait un liquide, ici rougeâtre, là tirant sur le jaune : une chose dégoûtante. Si repoussante qu'il ne me passa pas par la tête de l'ouvrir. Je me protégeai les mains avec un chiffon, la soulevai et la jetai dehors, sur la chaussée. C'était relativement mou et lourd, comme si cela avait contenu, par exemple, de la viande. Une plaisanterie de mauvais goût, pensai-je. Et le soir, je pris soin de bien fermer les fenêtres et les portes. Sinon que, à distance de dix jours environ, l'événement se répéta. Encore un paquet suintant une matière liquide d'une couleur abjecte. Et de nouveau je me gardai bien de l'ouvrir. Je l'enveloppai le mieux possible dans un vieux journal et le déposai au bord du trottoir. Mais comment avaient-ils fait pour l'introduire dans la voiture hermétiquement fermée ? Je restai troublé, je l'avoue.

Deux mois passèrent, je crois, et m'arrive un autre paquet d'aspect répugnant. La curiosité aurait voulu qu'avec les précautions d'usage je l'ouvrisse pour voir ce qu'il contenait, mais un sentiment difficile à décrire, une sorte d'obscure stupeur me retint; comme si le paquet avait recelé quelque chose qui me concernait personnellement et qu'il valait mieux ne pas dévoiler.

A intervalles irréguliers, parfois de six ou sept mois, ce désagréable incident s'est répété de la même manière. J'ai déménagé deux fois, et cela n'a servi à rien. Ce matin l'infâme paquet m'a paru plus lourd, sinon plus gros, que d'habitude. Vous direz : pourquoi, si tu n'as pas le courage de l'ouvrir, n'avertis-tu pas la police ? La réponse semblera absurde; je ne sais pas en donner la raison, mais j'ai peur. (*Confession d'un ami dont je ne peux révéler le nom.*)

ÉTRANGE RENCONTRE

Cela se produit assez souvent, dans les lieux de grande foule, aux heures de pointe, dans les moments de plus grande bousculade et agitation. Par exemple à la porte du stade, quand les gens se battent pour entrer. Dans la mêlée, deux mètres devant vous, vous apercevez, de dos, un de vos plus chers amis, passionné de football comme vous. Vous le reconnaissez sans l'ombre d'une incertitude : les cheveux blonds négligés qui débordent un peu sur le col, et cette cicatrice, sur la nuque, d'une vieille piqûre de guêpe, la façon de tenir la tête légèrement penchée à gauche, et le caractéristique chapeau noir à bord relevé sur les côtés comme le portait Toscanini. C'est absolument lui. Pas d'erreur possible, même au milieu d'un milliard de personnes. Vous appelez : « Antonio ! Antonio ! » Mais il ne se retourne pas. Vous appelez plus fort. Rien. Alors vous perdez la tête. Vous excusant, suppliant, vous demandez aux gens devant vous de vous laisser passer. Agacés mais surpris ils vous font place. Vous faites un bond. Vous tendez la main droite pour toucher l'ami sur l'épaule. « Antonio ! Antonio ! » Une ondulation imprévue de la foule. Ils vous repoussent. Et l'ami semble emporté, aspiré par un tourbillon soudain. Il disparaît. Il s'évanouit dans le néant. Devant, alentour, des visages inconnus. Que vous importe, désormais, le match ? Vous vous laissez entraîner en avant avec un battement de cœur atroce. Parce que vous êtes mathématiquement sûr que c'était vraiment lui, votre plus cher ami Antonio. Mais cinq longues années ont passé depuis que votre ami est mort.

LA CHUTE

Quand, au cœur de la métropole démesurée, on entre dans le siège cyclopéen de la grande société, de la toute-puissante banque, du journal mastodontique, quand on arrive, au milieu d'un va-et-vient frénétique, au grand hall des ascenseurs, défilé de portes métalliques dorées à perte de vue, surmontées de cadrans lumineux sur lesquels courent les chiffres à mesure que l'ascenseur se déplace, quarante et unième, quarante-deuxième... Combien y aura-t-il de cabines de *lift* dans le palais babélique ? La porte devant laquelle j'attends s'ouvre avec un doux soupir. J'entre avec une vingtaine d'autres personnes. La porte se referme. Départ en fusée parce que cet ascenseur va directement au trente et unième étage. A ce moment on entend un horrible bruit de chute qui résonne en écho dans les entrailles du gratte-ciel. Autour de vous, personne ne dit mot, mais les visages ont pâli, on dirait des morts. Ce bruit horrible, on sait bien ce que c'est. Un ascenseur est tombé. Cela arrive. Pour gagner du temps, pour accélérer le rythme de production et tenir tête à la concurrence féroce, les dirigeants fouettent les ascenseurs, vite, plus vite, toujours plus vite. C'est évident : il en peut tomber un; avec sa charge humaine, bien sûr. Mais les banques, les sociétés, les journaux sont tout-puissants. Personne ne trahira le secret. Aucune information ne paraîtra. Le déménagement des cadavres et des débris aura lieu en pleine nuit toutes portes fermées. Le silence des familles sera grassement payé. On ne fera pas d'enterrements. Un ascenseur de plus, un ascenseur de moins.

ESPRITS

Il est bien connu que les esprits et les fantômes ne sont pas des interventions de l'au-delà mais des restes de vie, comme des empreintes sur le sable, laissés par certains défunts; et que peu à peu le temps efface. Mais il n'y a pas que les années pour user ces traces. La frénésie des grandes villes est encore plus destructrice : le mouvement, les bruits, la télévision, le chaos. Un de mes vieux oncles, un réactionnaire, avait été obligé, à la suite d'ennuis d'argent, de vendre la vieille maison de famille en Valtelline dont il avait toujours été fier à cause de l'intense activité nocturne de quelques esprits ancestraux, surtout dans la bibliothèque. Il avait dû se replier en ville, dans un appartement de location tout à fait insipide et inerte. Sinon qu'un jour, l'année dernière, son domestique se tua d'un coup de revolver à la suite d'un chagrin d'amour. Et depuis lors, dans la chambrette précédemment occupée par le malheureux, on commença à entendre, la nuit, d'étranges bruits de pas et de meubles déplacés; et mon oncle en éprouva une consolation indicible. Mais une telle cocagne fut de brève durée. Très vite les vacarmes romantiques s'affaiblirent et dans l'espace de dix mois ils disparurent complètement. J'ai beau expliquer à mon oncle qu'au cœur de la ville il n'y a pas d'esprit, si robuste et pétulant soit-il, qui puisse résister longtemps, il ne parvient pas à se résigner.

VIEILLE AUTO

J'AI un ami, Venero Stazzi, qui possède un petit atelier mécanique où souvent il trafique ses bizarres inventions.

Un jour, il me dit : « Tu l'as toujours, ta vieille Mustag-Morrison ? »

C'est une voiture qui a plus de vingt ans, de la célèbre marque aujourd'hui disparue. Mastodontique, impériale, une ligne arrogante et luxurieuse, vraie insulte à la misère. Mais désormais un débris, une pièce de musée.

« Oui, je lui réponds.

— Et tu t'en sers ?

— De temps en temps. Evidemment, elle boit comme une folle. Avec un litre, en ville, je ne fais pas plus de trois kilomètres. »

Il réfléchit un moment et : « Tu la vendrais ? »

Je me mets à rire : « Mais oui, mais qui veux-tu qui l'achète ?

— Tu la donnerais pour deux cent mille ?

— Au vol !

— Je te l'achète.

— Deux cent mille ?

— Deux cent mille.

— Et qu'est-ce que tu en fais ?

— Le moteur, c'est le moteur qui m'intéresse. Des moteurs comme celui-là ils n'en fabriquent plus.

— Il est plutôt essoufflé, tu sais.

— Aucune importance. Je me charge de le guérir.

Ce moteur va comme un gant pour une installation de *ski-lift*.

— Un *ski-lift* ? Et pourquoi ne prends-tu pas un moteur neuf ?

— Jamais de la vie. D'abord, je dépenserais le double et puis les moteurs qu'ils font aujourd'hui... »

Bref, l'affaire est conclue. En outre, Stazzi me signe tout de suite le chèque. Il ne me reste qu'à porter le vieux clou chez un démolisseur qui se trouve place Cineriano.

Le lendemain, je vais en hâte au garage où depuis plusieurs mois la Mustag-Morrison repose sous une housse.

« Elle partira ? demandé-je à l'homme du garage.

— Et pourquoi ne devrait-elle pas partir ? »

Il enlève la toile, le vieil animal apparaît avec ses membres architectoniques et splendides, mais il est un peu crasseux, après si longtemps.

Je monte, je mets la clef, j'appuie sur le bouton du démarrage, étrangement les batteries sont chargées, après une série d'éternuements le moteur se met à fonctionner.

L'homme a pris un plumeau et se met à dépoussiérer.

Je dis : « Merci, mais c'est inutile.

— Pourquoi ?

— Pour rien, fais-je, mais ce matin je suis pressé. »

Il y a encore une bonne réserve d'essence. Le moteur s'arrête deux ou trois fois en toussotant, puis il part, respire à fond, retrouve son moelleux rugissement velouté de bête de race.

Anglaise de naissance, la Mustag-Morrison est un être de peu de paroles. D'habitude elle est très timide et réservée. Mais aujourd'hui elle me demande : « Comment se fait-il que tu n'aies pas voulu me faire dépoussiérer ?

— Pour rien, je t'assure. Simplement je suis pressé.

— Pressé d'aller où ? Un voyage ?

— Non, non, je réponds stupidement. Un petit tour d'essai.

— Ah ! »

Je veux passer en première, et comme d'habitude elle a du mal à s'enclencher. Je dois m'y reprendre à trois fois, en accélérant et en ralentissant, avant qu'elle passe.

« Excuse-moi, je te prie, dit-elle. Mon petit vice habituel, je le sais. »

L'aveu me donne un certain courage.

« Nous te le guérirons, ton petit vice. Nous te les guérirons tous, tes petits vices. Aujourd'hui, je te conduis chez un mécanicien de grande classe. »

Nous sommes déjà sur les routes. C'est une très belle journée. Le soleil est riant.

Anglaise, la Mustag-Morrison est un être de peu de paroles. Mais aujourd'hui, après tant d'abstinence, elle a envie :

« Chez un mécanicien, pour quoi faire ?

— Pour te remettre en état.

— Pourquoi ? Tu me trouves déprimée ?

— Une belle révision, je réponds en mentant sans vergogne, il en faut de temps en temps, non ? »

Elle tousse un peu, mais elle roule. Sa silhouette majestueuse fait se retourner quelques passants, je m'aperçois que cela lui fait plaisir.

Elle roule. Quand j'écrase l'accélérateur, son souffle se gonfle élastique et puissant comme au beau temps jadis. Mais à peine je m'engage dans les rails du tram, elle fait soudain un vilain écart.

« Excuse-moi, dit-elle. Mon petit vice habituel, je sais.

— Est-ce que ce ne serait pas la faute des pneus ? dis-je. Ils doivent être lisses maintenant. »

Mais elle est anglaise, donc loyale. « Ce n'est pas la faute des pneus. Les pneus sont en bon état. C'est vraiment un de mes défauts. La prochaine fois je ferai attention. »

C'est une journée qui insuffle aux automobiles de la

joie de vivre. Le vénérable engin, bien qu'un peu alourdi par l'hivernage, se retrouve plein de vigueur et de vivacité.

« Eh bien, ne puis-je m'empêcher de m'exclamer. Tu es en verve, aujourd'hui. »

Elle feint de n'avoir pas entendu et me demande : « On peut savoir où nous allons ?

— Chez un mécanicien, je te l'ai dit. Un mécanicien très habile.

— Alors, pourquoi m'as-tu dit que c'était un petit tour d'essai ?

— Un petit tour d'essai, confirmé-je stupidement, avant d'aller chez le mécanicien. »

Distrait, j'oublie de passer de la quatrième à la troisième quand commence la montée du Dossetto. Mais la Mustag-Morrison, au lieu de s'offenser, veut me donner une leçon : en quatrième, elle grimpe la pente comme si de rien n'était, sans haleter, sans coups de tête, sans le moindre signe de fatigue.

Je m'en aperçois quand je suis déjà presque au sommet.

« Compliments, lui dis-je. Tu es une vraie jeune fille, aujourd'hui. »

Quand enfin je passe en troisième, elle a son petit rire bien connu, plein de dignité. Mes paroles l'ont flattée. A son allure, à sa respiration, à son doux ronron, à ses bonds en avant quand nous doublons, je comprends qu'elle est heureuse. Et pourtant c'est son dernier voyage, et pourtant je la conduis à l'abattoir.

Elle roule comme dans son beau temps, hélas ! lointain. C'est une feinte, je le sais, c'est un effort atroce qu'elle s'impose pour déguiser la réalité, pour me persuader qu'elle est toujours en grande forme, que pour elle les années n'ont pas passé, qu'elle peut encore faire cent fois le tour du monde sans un accroc. Comme si elle avait deviné mes intentions, comme si elle essayait, par cette absurde comédie, de mériter sa grâce.

Et au contraire, elle est vieille, je le sais. Une ruine. Il suffirait d'une vingtaine de kilomètres pour la voir s'affaisser, et gémir, et trébucher, et révéler son délabrement. C'est ce que je me dis, pour chercher des justifications à ma dégoûtante trahison.

Elle, soudain : « Tu te rappelles le voyage en Espagne, quand nous avons fait mille six cents kilomètres sans étape ?

— Bien sûr que je me le rappelle. Mais quel rapport ? (Etrange; c'est la première fois qu'elle se laisse aller aux nostalgies.)

— Rien, fait-elle. Et tu te rappelles cette superbe course de Paris à Milan pour rejoindre ta maîtresse ? Si incroyable que cela semble, une moyenne de plus de cent cinq. Tu te rappelles ? »

Je me tais. Voici la place Cineriano, grâce au ciel, voici l'établissement. J'entre dans la cour, je m'arrête devant l'atelier. Sur les côtés, le long du mur d'enceinte, des tas d'horribles carcasses. Avant demain, la Mustag-Morrison sera ainsi réduite.

« Nous sommes arrivés, dis-je.

— Nous sommes arrivés ?

— Oui.

— Mais..., fait-elle. Mais ce n'est pas... ce n'est pas un atelier de réparations. »

J'éteins le moteur, pour l'empêcher de parler. Je descends, entre à pied dans l'atelier, je demande des renseignements. Ils semblent au courant. « Faites-la entrer, s'il vous plaît », me dit un petit homme sec qui doit être le chef.

Je remonte en voiture, je remets en marche. Et elle aussitôt : « Tu... tu veux me faire ça ? »

Elle le dit d'une voix désespérée et tremblante que je ne lui ai jamais entendue. Je n'ai pas le courage de répondre. A peine entré dans le hangar, j'éteins immédiatement le moteur pour ne plus entendre la terrible plainte.

« Très bien, monsieur, fait le contremaître. Voulez-vous que je vous fasse raccompagner dans le centre ? »

A moteur arrêté, la moribonde Mustag-Morrison ne peut plus parler, elle ne peut plus protester, ni supplier, ni pleurer. Mais sur son visage je lis l'expression horrible de ceux qui, sans préavis ni raison, se sont entendu condamner à mort.

« Non... non, je balbutie au contremaître. C'est inutile. Merci. Ecoutez, on ne fait plus rien... Je suis venu ici pour avertir qu'on ne fait plus rien. »

Je remonte en voiture. Je remets en route. Marche arrière. Dehors, dans le soleil. Hors de l'équarrissoir. De nouveau sur les grands chemins.

Elle galope, obéissante comme un petit soldat, elle fait tout ce que je veux, elle devance même mes intentions, accélérer, freiner, tourner à gauche, reprise, écart, élan. C'est incroyable, c'est merveilleux, c'est une nouvelle jeunesse.

Au lieu de revenir dans le centre, nous sommes sortis de la ville, maintenant nous volons sur les lignes droites qui portent aux mirages lointains. Cent dix, cent vingt, cent trente, cent quarante, c'est une locomotive déchaînée, c'est un bison qui charge, c'est le champion du monde.

Mais tout à coup quelque chose de macabre se produit à l'intérieur, une série indéchiffrable de cliquettements, de percussions, de gargouillements, de hoquets, de vacarmes. Elle n'a plus de souffle, elle n'a plus de force, plus de vie. Très vite elle ralentit, ondule, elle s'est arrêtée. Et pourtant le moteur râle et tourne encore.

« Je n'en peux plus, dit-elle. Tu avais raison. Pardonne-moi. »

Tout doux, tout doux, à petits pas pitoyables, le chemin de la maison.

Maintenant elle est encore là, dans la remise, sous sa housse, elle dort. De temps en temps je la découvre, je la regarde, je n'ai pas le courage de mettre en marche, pour ne pas entendre sa voix.

Ceux du garage disent : « Mais pourquoi ne vous en débarrassez-vous pas, monsieur, puisque vous ne vous en servez jamais ? Pourquoi continuez-vous à payer le garage ? Vous en tirerez toujours quelque chose, en tout cas à la ferraille. »

Je réponds : « Oui, oui, j'y penserai. »

Cependant les mois passent, la vignette est périmée depuis longtemps, les années passent, la poussière se dépose sur la housse. Le matin quand j'entre dans le garage pour prendre ma 500, les mécaniciens me regardent d'une certaine façon, comme un fou ou un imbécile. Mais comment peuvent-ils comprendre ?

CHANGEMENTS

Les derniers cinquante ans ont été plus denses de nouveautés et de changements que tous les autres demi-siècles de l'histoire du monde. Il me plaît d'en signaler quelques-uns, deux d'entre eux sont de caractère personnel.

LETTRE A UN AMI

Très cher, je suis heureux d'apprendre que bientôt tu seras de nouveau parmi nous, après tant d'années d'absence. J'ai une grande impatience de te revoir. Et je comprends ta joie, tes nouvelles espérances. Mais, justement parce que je t'ai toujours considéré comme un frère, je pense que c'est mon devoir, avant que tu t'astreignes au long voyage de retour, de t'avertir que tu ne retrouveras pas ta ville, tes concitoyens, le pays, comme tu te les rappelles, comme nous nous les rappelons.

Ne te fais pas d'illusions : tout a changé, ou presque tout.

Par exemple, il n'y a plus, au-dessus de la ville, la belle cloche de vapeurs, de suie et de bitume qui lui donnait cet air romantique, dramatique et ténébreux qui nous plaisait tant. De nombreuses industries ont été déménagées, d'autres ont éteint définitivement les feux, et, par une sage disposition des autorités, les chaudières des chauffages domestiques, même pendant la saison la plus rigoureuse, ne sont allumées que deux heures par jour. Ce qui fait que le ciel est redevenu limpide comme au temps de nos grands-parents, et un soleil stupide entre partout, faisant ressortir le dépérissement et la laideur du décor, auparavant miséricordieusement déguisé par les halos de brume.

Il n'y a plus la hâte — tu te rappelles ? — de courir, de faire vite, d'arriver en tête, de se faire remarquer, d'avoir de l'avancement, de grimper échelon par échelon l'escalier de la profession, de la société ou du succès. Il n'y a plus la fièvre corrosive qu'autrefois on avait baptisée société de consommation, société de l'abondance. Maintenant tout le monde marche sans se presser, on ne cherche plus à dépasser les autres, à gagner la course, à devenir riche, puissant ou célèbre; de toute façon, on sait bien que ce serait inutile. Les échelons du fameux escalier n'existent plus, nous sommes tous aplatis au même niveau, et se soulever est dangereux.

Il n'y a plus la rage — tu te souviens ? — la rage neurasthénique aux carrefours et aux feux, quand au volant de nos automobiles respectives nous nous sentions transformés en éperviers, panthères et squales, prêts à défoncer le crâne de celui qui aurait osé nous couper la route ou, derrière notre dos, nous aurait tympanisés avec son klaxon, ou aurait risqué le passage quand le rouge était déjà allumé. Cela, oui, c'était vivre. Mais aujourd'hui les voitures sont rares, les rues et les places désertées par la circulation comme au temps de notre enfance.

Il serait trop long, dans une lettre, de t'expliquer tout. Mais les trois exemples précédents peuvent t'en donner une pâle idée. Le monde s'est comme apaisé, il est tombé dans une sorte de léthargie, il s'est enfoncé dans un silence morne. Plus de désordre, plus de rires, de gaieté, de délire, plus de fureur, de tumulte, de violences, de protestations, de contestations, de vandalismes, de batailles, ni d'angoisses (ou plutôt, des peurs il y en a toujours, mais elles sont très différentes).

LES MONTAGNES

Qu'est-il arrivé à mes vieilles montagnes, Dieu seul le sait. Je fais mon examen de conscience. Les ai-je négligées ? Leur ai-je manqué de respect ? Ai-je oublié de me manifester aux anniversaires ? En ai-je médit avec les amis ? Leur ai-je préféré un autre bien terrestre, une autre créature ? Absolument non. Et pourtant les rapports entre nous ont profondément changé. Toutes les fois, et cela se produisait assez souvent, que je remontais de la plaine à la vallée où je suis né, quand tout à coup, sur la gauche, derrière les herbeuses bosses incultes des Préalpes pointaient les flèches extrêmes des Dolomites, comme un arcane mirage, avec leur couleur indescriptible, et puis, à mesure que j'avançais, quand s'étalait le spectacle de la totalité des parois dans leur solitude effrayante et adorée, alors je sentais à l'intérieur de moi un bouleversement à la fois douloureux et exquis. Parce qu'elles, les vieilles montagnes, elles me reconnaissaient et m'appelaient à elles aussitôt. Allons, pas de temps à perdre, semblaient-elles dire, laisse ta voiture et prends les sentiers que tu connais bien, reviens parmi nous. Vois-tu, sur la Pala, cette grande fissure oblique qui semblerait impossible ? Vois-tu, sur la crête sud, cette gracieuse petite aiguille en forme de moine encapuchonné ? Personne n'est jamais passé par là, personne ne s'est jamais hissé au sommet de la tête. Tu pourrais le faire. Et ce n'est pas si difficile, tu sais ? Mais là-haut tu seras heureux, au moins tu retrouveras ta jeunesse et la paix de l'esprit.

Alors je sentais ce bouleversement à l'intérieur de moi se faire plus ardent et plus tumultueux. Et en dépit des palpitations de crainte, sans lesquelles les montagnes ne seraient que des rochers quelconques, tout juste un peu plus grands, je courais chez l'ami, beaucoup plus expert que moi, qui m'aurait guidé jusqu'aux palais et aux tours de la cité mystérieuse.

Mais aujourd'hui je remonte ma vallée et tout à

coup, comme au temps jadis, au même point précis, apparaissent là-haut, comme des mirages, les pointes des clochers et des minarets, et un peu en avant s'étale la majesté des grandes montagnes. Mais on dirait qu'elles ne me voient plus, que je n'existe pas. Elles ne m'invitent plus. Elles ne m'appellent plus avec cette voix silencieuse qui pénétrait les entrailles. Elles sont là, immobiles, froides, taciturnes, enfermées dans une indifférence suprême. Que s'est-il passé ? Pourquoi suis-je devenu un étranger ? Quel mal vous ai-je fait ?

Ou bien tout dépend-il seulement de moi, parce que l'amour s'est éteint ?

CYPRÈS

J'ai la chance de posséder un merveilleux parc du XVIIIe, pas très grand mais d'une architecture fabuleuse, semblable à celui de Negrar au-dessus de Vérone. Deux allées du parc, tracées en pente raide de telle sorte que le dernier profil de la pelouse apparaît comme une frontière semblable à la célèbre haie de Leopardi, sont bordées de bizarres cyprès que le jardinier, c'est sans doute une trouvaille personnelle, qualifie de « monstrifiés ». Au lieu de s'élancer droits et compacts comme des fûts, à un certain point ils projettent d'étranges ramifications qui leur font assumer des silhouettes surprenantes : de corps humains, de chouettes, de griffons, d'hippocampes, d'anges, de dragons, de fantômes. Bon : un soir d'il y a sept ans, j'étais seul et je parcourais une des allées, je levai les yeux et eus un tressaillement en reconnaissant au sommet d'un des cyprès, éclairés par le dernier soleil, les traits d'un ami très cher mort depuis peu. Illusion d'optique ? Autosuggestion enracinée dans je ne sais quelle obscure pulsion de l'inconscient ? Pour démentir ma première impression, qui n'avait rien de joyeux, je me déplaçai de quelques mètres et regardai de nouveau le cyprès. Mais le trouble persista. Maintenant, de mon ami, je voyais en quelque sorte le dos et la nuque, de bas en haut; et la ressemblance était absolue.

Suis-je en train de devenir vieux ? Avec le temps, d'autres verts simulacres humains se sont formés à la cime des cyprès, chacun assumant le corps, l'expression et même le visage d'un ami disparu dans l'intervalle. J'en reconnais déjà huit. Maintenant ils ne me font plus peur, au contraire. La nuit, j'ai la sensation qu'ils veillent sur mon sommeil dans la villa voisine, comme de fidèles sentinelles. Les jours de vent je les regarde longuement : ils ondulent de concert à chaque rafale, avec une grande résignation; et, pliant la tête tous ensemble, du même côté, ils ont l'air de me dire : « Allons, courage, pourquoi ne viens-tu pas, toi aussi ? »

CONTESTÉ

Moi aussi je suis accusé. Comme toujours, dans ma maison ouverte à tous, entrent mes enfants. A peine sont-ils entrés, ils me voient. Et moi, comme toujours, je me tiens immobile et silencieux, un peu pour ne pas les intimider, un peu pour éviter de les écraser sous le poids de l'autorité paternelle aujourd'hui si discréditée. Et je ne suis pas assis sur un trône despotique, je ne les regarde pas avec les yeux sévères ou inquisiteurs du supérieur, mais avec humilité et bienveillance, espérant que ma présence les encouragera, les rassérénera, les mettra à l'aise, les consolera. Mais eux, mes fils, rien. Ils se promènent, ils regardent, ils apprécient les beautés architectoniques, ils s'arrêtent pour admirer les œuvres d'art qui décorent la maison, ils consultent les brochures explicatives et échangent des commentaires esthétiques. Moi, ils ne me regardent même pas, pas un salut, pas un sourire ni un signe de la main. Et ils sont mes fils.

Il y a pire. Parce que je peux écouter tranquillement leurs discours, j'entends qu'ils parlent de moi, qu'ils s'en moquent et vont jusqu'à m'injurier. Moi, leur père ? Ils s'en tordent. Ils ricanent. Je n'existe pas, à les entendre. Je suis un croulant ridicule et impuissant, dont les puissants et les oppresseurs se servent comme d'un instrument (comme ils aiment ce mot).

Ils ne me saluent pas, ils ne me regardent pas, c'est déjà beaucoup s'ils enlèvent leur chapeau, il ne vient à l'idée de personne de m'adresser une prière. D'abord, je n'existe pas, je compte pour rien.

Et le plus beau, c'est qu'en moi aussi quelque chose a changé. Toute idée de revanche, de châtiment, de vengeance contre cette désastreuse jeunesse s'éteint à peine née en une sorte de résignation amère. Ils sont mes fils ? Et dans leur for intérieur, même s'ils le nient rageusement, même s'ils n'en ont pas le plus léger soupçon, je continue à exister. Comment les punir ? Comment les réprimer ? D'autre part, les choses peuvent-elles continuer ainsi ? Je n'arrive plus à me reconnaître. Le sol manque sous mes pieds. Au secours, les amis. Après tout, je suis DIEU.

RÉCIT A DEUX VOIX

Le vieux médecin Nunzio Toro, homme excessivement intelligent et sympathique, mais que certains jugent dangereux, aime divertir ses amis avec le jeu du « récit à deux voix ». L'un commence, l'autre prend le relais en développant l'histoire à sa fantaisie, puis le premier parle de nouveau, et ainsi de suite. Sans tricher, bien entendu, autrement le récit se transformerait aussitôt en bouffonnerie. Mais c'est toujours lui, d'une manière ou d'une autre, qui a les rênes en main.

Exemple. Nous sommes assis, lui et moi, sous le portique de sa maison de campagne. Six heures du soir d'une journée inquiète, avec des allées et venues de nuages et de soleil. C'est lui qui commence, comme d'habitude :

Un vieux couple, mari et femme, bien habillés, tristes, parlent de leur fils qui s'est fait une situation au Pérou.

« Je ne sais pas, dit le mari, plus j'y pense, moins je me sens tranquille. Pour lui ce sera une vilaine surprise.

— Pourquoi vilaine ?

— Parce qu'il ne sait pas que nous arrivons, et nous le mettrons dans un sacré embarras.

— Avec cette immense villa qu'il s'est construite !

— Ça ne veut rien dire. Tu oublies qu'il y a sa femme, qu'il y a la famille de sa femme.

— Il aurait mieux valu lui écrire avant.

— C'est ça. Pour qu'il nous réponde aussitôt par un beau refus.

— Jamais de la vie. Franco est généreux. Franco nous adore. Tu verras comme il sera heureux de nous voir...

« Assez, maintenant c'est ton tour. »

J'enchaîne :

Tandis que ces deux-là parlent, non loin un ecclésiastique vêtu en clergyman est absorbé par la mise au point du discours par lequel, le lendemain, il ouvrira le congrès international de géophysique. C'est Monseigneur Estogarratz, sismologue connu, mais aujourd'hui généralement considéré comme rétrograde. Et lui le sait. Et il se rend compte d'être arrivé à la présidence de l'assemblée grâce à l'appui des « vieux », par exemple Dorflinger, Stolieptchine, Estancieros, Mandruzzato. Et dans son discours il ne peut certes pas les décevoir parce que ce serait une abjecte ingratitude, mais d'autre part il tient à se montrer aligné sur les positions de l'avant-garde, surtout en ce qui concerne les innovations de la statistique de compensation. Et en fait à la seconde page il y a un passage problématique qui...

Les yeux de Nunzio Toro lancent des étincelles.

« Très bien ! m'interrompt-il. Excellente l'idée du monseigneur. On dirait que tu m'as lu dans la pensée. Maintenant, je continue » :

Mais il est dérangé, le sismologue, par deux dames qui parlent, parlent, juste derrière lui. La quarantaine, encore agréables, avec un joli hâle. Elles disent :

« Toi aussi, alors, tu l'as remarqué ?

— Bien sûr. Au premier coup d'œil je ne l'avais même plus reconnu.

— Détruit dans l'espace de quelques mois. Pauvre

Giancarlo. Si tu savais comme cela me fait de la peine. C'est angoissant. Je n'ai pas d'ami plus cher que lui.

— Tu verras qu'il n'arrivera pas à l'hiver...

— Tais-toi. Ce sont des choses qu'il ne faut pas dire. Et tu te rends compte de l'injustice du sort ? Un homme important comme lui, dans cet état, et moi, malheureuse, qui n'ai jamais rien fait de bon, rien de rien, une santé de fer...

— C'est à moi que tu le dis ? Sais-tu qu'au dernier check-up *on m'a trouvée, ce sont leurs propres paroles, une vraie jeune fille, parfaite de la tête aux pieds, l'estomac, l'intestin et le reste... »*

Le docteur Toro s'interrompt et de la main m'invite à enchaîner. Moi, aussitôt :

Monseigneur est aussi dérangé par deux jeunes gens, vêtus d'étranges tenues sportives, ils sont très excités et cherchent à se faire remarquer.

« Tu l'as ici, l'agrandissement ? demande l'un à haute voix.

— J'espère bien. Mais il s'agit de le trouver, au milieu de ce labyrinthe de paperasses. »

Il fouille dans une grosse serviette de cuir, au bout d'un moment il en extrait une photographie 32/24 : c'est une gigantesque paroi de roche et de glace, en forme de poire. Juste au milieu, le jeune homme indique un point avec le doigt.

« C'est là. Sur le petit format on ne voyait rien. Naturellement il faudra juger sur les lieux, mais il semble que cette corniche en surplomb soit en réalité détachée de la paroi et que derrière il y ait comme un tunnel, un canal. Je jurerais qu'on peut y passer... »

Le docteur Toro éclate de rire.

« Formidable. Ce soir nous sommes en verve. Les fragments, apparemment détachés, s'encastrent d'une manière parfaite dans le leitmotiv : l'avenir. Le couple, le monseigneur, les deux amies, les deux alpinistes, tous pensent au futur, avec une confiance aveugle. Mais maintenant, pour que l'histoire se développe et trouve sa signification, il faut les situer, ces personnages. C'est ton tour : où préfères-tu que nous les placions ?

— Eh non, fais-je, cette fois tu ne m'auras pas. Je ne suis pas malin, mais dès tes premiers mots, j'ai deviné où tu voulais en venir. Et je me suis amusé à te seconder. Mais maintenant ça suffit. C'est clair comme le jour : le couple, le monseigneur, les deux amies, les deux alpinistes sont en voyage. Vers où ? Vers l'Amérique du Sud, on le déduit de l'épisode des deux époux. Par quel moyen ? Peut-être en bateau ? En bateau, non, parce qu'à bord d'un bateau monseigneur aurait tout le loisir de résoudre tranquillement son problème dans la solitude de sa cabine. Et alors, comment voyagent-ils ? En aéroplane, parbleu ! Il n'y a pas d'autre solution. Et maintenant se produira, n'est-ce pas ? l'accident, la chute, la fulgurante catastrophe, de laquelle les conversations et les préoccupations décrites recevront un sens ironique et cruel. Et cela, cher docteur Toro, je ne l'attendais pas de toi. Trop banal, vraiment indigne de toi qui d'habitude as une imagination de bonne qualité. Non, pas d'avion. Recommençons plutôt depuis le début. »

Le vieux docteur me répond avec un de ses petits sourires malins.

« Ce n'est pas ma faute ! s'exclame-t-il. Personnellement, je te jure que je m'en serais bien gardé, mais... » Et il pointe l'index vers le ciel.

Je regarde. D'une grande nuée de tempête en pleine déroute — le ciel se rassérène — à une altitude évaluable à trois mille mètres au maximum, débouche à cet instant un quadrimoteur dont l'aile droite laisse derrière elle un mince sillage compact de fumée noire. Il s'est produit quelque dégât, et l'avion perd de l'altitude à la recherche d'un atterrissage possible.

Paralysé de stupeur par la diabolique coïncidence, je me tais. Trois ou quatre secondes se passent et voici qu'une chose noire et fumante se détache de l'avion et, après une très brève parabole courbe, tombe à pic avec une accélération fulgurante.

« Mon Dieu, mais c'est un moteur ! »

Le docteur Toro fait signe que oui.

L'appareil, qui fume un peu moins, poursuit sa route sans écarts, et je suis déjà en train de me rassurer, quand tout à coup il commence à tourner sur lui-même et les ailes, comme des pales de ventilateur, décrivent quatre, cinq, huit cercles à toute allure.

Après quoi, comme s'il mettait à exécution un plan de suicide longuement médité, le quadrimoteur pointe le nez vers la surface du sol et se précipite verticalement, avec, on dirait, toute la fureur possible.

Le gigantesque cercueil disparaît derrière l'arête d'une colline au-dessus de nous. Et c'est tout. On n'entend ni fracas ni explosion. On ne voit ni flammes ni fumée.

« C'est épouvantable, dis-je, le souffle coupé. Mais tu es le démon en personne. »

Il se tourne vers moi, pâle, mais placide :

« Ils étaient là-haut.

— Qui ? Les époux, le monseigneur, les amies, les alpinistes ? »

Il fait signe que oui.

« Et toi, comment as-tu fait pour le savoir ?

— Comment nous avons fait, veux-tu dire. Tu y as contribué toi aussi. C'est simple, c'est nous qui les avons précipités en bas.

— Non. Dans notre récit, il n'y avait pas le désastre. Nous avons rapporté les conversations, c'est tout.

— Mais le contenu des conversations préludait au désastre, et même le rendait inévitable; du point de vue narratif. Tu l'as reconnu toi-même.

— Jamais de la vie ! Tu es fou. Et de toute façon je n'y suis pour rien. L'idée de l'avion, tu l'avais en tête depuis les premières paroles. Je n'y suis pour rien. Pour rien.

— Ne t'agite pas. Ne t'énerve pas. Même sans catastrophe aérienne, pour ceux-là ç'aurait été la même chose.

— Qu'est-ce que tu veux dire ?

— La même chose, absolument. Le futur, les calculs sur l'avenir, les projets... Malheureux. Tu as vu, non, comment s'est précipité cet engin. Crois-tu que les heures, les jours, les mois, les années qui se précipitent sur nous soient moins rapides ? »

DÉLICES MODERNES

CES dernières années, diverses innovations, dont la mode s'est répandue en un temps très bref, ont eu pour effet de rendre la vie plus réjouissante ou en tout cas de lui donner de l'intérêt. Par exemple :

LA GUÉRILLA

Entreprise au début à des fins politiques, dans le but d'user et finalement abattre un régime, ce genre d'activité stimulante a fini par se transformer en un sport désintéressé, une fin en soi souvent sans aucun lien avec les problèmes de la chose publique. Elle plaît surtout aux jeunes qui souffrent de ne pouvoir combattre de vraies guerres, comme ils le désireraient, ce qui est bien naturel : ils trouvent dans la guérilla un ersatz confortable.

Une certaine mollesse de la part des forces de l'ordre et la sympathie plus ou moins déclarée d'une large couche de la population ont diffusé la coutume de ces agitations. Guérilla pour ainsi dire platonique, à base de moqueries, de farces, de mauvais tours assez innocents : pratiquée en général par les gamins. Et guérilla comme il faut, à base d'embuscades, d'enlèvements, de bombes, d'incendies, de bastonnades, de fusillades et de tortures, qui vont jusqu'au sang versé.

Ici en ville, il n'y a pas de maison, ou du moins pas

de quartier qui n'ait ses batailles intestines, œuvre de deux ou de plusieurs « groupes d'action » qui se proposent les objectifs les plus variés, comme l'abolition des jupes longues, l'instauration de l'amour libre, la chasse aux retraités, l'extermination des chats, l'anthropophagie, la castration des enfants riches, et ainsi de suite.

Les nuits de paix et de silence sont rares. L'existence, même pendant la journée, est animée par des surprises et des palpitations continuelles. Et le plus beau, c'est que, bien qu'on passe d'un battement de cœur à l'autre, on ne regrette nullement la paix et la tranquillité d'autrefois.

Certes, il n'est pas facile de s'en tirer. Si on appelle la police, la police arrive au galop, mais comment savoir si ce sont des policiers authentiques ? Les guérilleros sont d'une habileté diabolique à se déguiser, de vrais caméléons. Il y a des gens qui prétendent qu'ils se sont installés jusque dans l'antichambre du préfet.

Du reste, qui peut plus répondre de l'ami, du parent, de la propre famille ? Mes fils eux-mêmes, toujours si affectueux, ne pourraient-ils pas faire irruption cette nuit dans ma chambre pour me voler, en me menaçant de me couper la gorge, afin de financer les futures opérations de leur clan ? Et moi-même, comment pouvez-vous exclure que je milite dans les rangs d'une des bandes les plus sanguinaires, ou que j'en sois le chef ? Croyez-vous que je viendrais vous le dire ?

LES POLLUTIONS

On se demande si la science saura trouver remède aux nouvelles conséquences menaçantes des décharges industrielles. Il ne s'agit plus des inconvénients déplorés jusqu'à présent ici aussi, en Italie, comme la prolifération d'algues fétides ou de cafards géants. La diffusion dans l'eau et dans l'air de substances d'une formule chimique inconnue aurait eu — la nouvelle n'est pas encore du domaine public parce que les autorités hésitent à la divulguer — des effets profonds et singuliers sur la faune, et il semble que ces substances soient pour les poissons et le gibier terrestre de formidables promotrices d'énergies mentales. On attend encore, il est vrai, le rapport des centres d'études spécialisés, mais tous les comptes rendus en provenance de régions très distantes les unes des autres concordent et donneraient à penser qu'il s'est produit un changement dans le comportement des animaux en liberté, comme si en peu de mois ils avaient acquis une intelligence jusqu'alors ignorée.

En somme : dans un grand rayon autour des usines qui produisent ces déchets — on parle de plusieurs dizaines de kilomètres — les filets des pêcheurs restent obstinément vides, et les chasseurs poursuivent en vain les chamois, les lièvres, les cailles et les bécassines : ceux-ci, à leur approche, s'enfuient avec ostentation hors de portée, avec une attitude provocante. En mer, on avait d'abord pensé que la pollution avait exterminé l'ichtyofaune. Il n'en va pas ainsi. Bien au contraire, la population marine s'est multipliée, mais maintenant les poissons escortent les navires, par dérision, en se tenant loin des filets; et sur les bâtiments se produisent des scènes de fureur sauvage et impuissante, et on déplore des cas de suicides.

LES PIRATES DE L'AIR

Selon certains, il s'agit d'une variété marginale de la guérilla, mais en réalité les pirates de l'air, désormais très nombreux, constituent une catégorie à part. La seule analogie, c'est que dans les détournements d'avions aussi la justification politique a le plus souvent disparu. Ce n'est pas que les exploits des audacieux hommes d'action soient dépourvus d'idéologie. Mais ce qui les pousse, c'est surtout la volupté de pouvoir exercer, ne serait-ce que pendant quelques minutes et dans un espace restreint, une sorte de pouvoir absolu; souvent sans le moindre profit personnel.

Et voici le phénomène surprenant : à mesure que sur les lignes aériennes internationales se multipliaient les cas de détournement, la clientèle touristique, au lieu de se raréfier, augmentait. Finalement on se rendit compte que ces aventures, avec leurs atterrissages aux escales les plus impensables, exerçaient une attraction puissante. Si bien que diverses compagnies ont fini par organiser des coups de main simulés, avec des détournements vers des villes lointaines de divers continents. Et pour les sociétés la dépense accrue se trouve compensée par l'intensification de l'afflux du public, excité par la perspective de frissons romanesques.

Les peines infligées aux bandits ont été jusqu'à présent d'une indulgence scandaleuse. De telle sorte que de nombreux garçons ont été tentés d'étendre leur activité au-delà du secteur aéronautique. Et il serait difficile de prétendre que l'initiative a déplu.

Les applaudissements, même silencieux, l'ont emporté sur les blâmes quand à Düsseldorf deux énergumènes qui s'étaient introduits dans la direction d'un grand magasin ont imposé, en menaçant de faire exploser un engin infernal qu'ils avaient apporté, un rabais de 90 p. 100 sur toutes les marchandises; rabais aussitôt proclamé dans tous les rayons au moyen des haut-parleurs; et une heure plus tard, dans l'immense bazar il ne restait pas un bouton.

On jugea moins spirituelle l'irruption, en pleine Scala, pendant un concert mozartien, de trois voyous qui, sans respect pour l'âge vénérable du maestro, obligèrent le vieux Von Karajan à interrompre le programme pour attaquer l'hymne de la canaille *underground*, ce que le vieillard exécuta avec une agilité insoupçonnable.

Et les coups de main aux journaux ? Faut-il rappeler le tour joué à *France Presse* contraint de publier à la une, avec un titre sur six colonnes et une photo gigantesque, la nouvelle qu'un certain Michel Durand, c'est-à-dire le chef des pirates de l'air, était l'heureux père d'un florissant poupon de quatre kilos ? Ou l'ahurissement indigné des Turinois quand un dimanche matin, ils trouvèrent sur leur plus grand quotidien un titre en pleine page qui insultait grossièrement la Juventus ? (Le responsable, un plombier fanatique de l'Inter, prit, si vous vous en souvenez, moins de sept mois avec sursis.)

LA DROGUE

Cela fait vraiment impression d'entendre encore des cris d'alarme, des déplorations, des avertissements sentis contre l'usage des drogues. Il y a des gens bien obstinés. Comment fait-on à fermer les yeux en face de l'irrésistible progrès des choses ? Les anciennes lois suscitent désormais l'incrédulité et la pitié : interdiction de la vente et même de la consommation de la cocaïne, de l'héroïne, du haschisch, du LSD, de la marijuana, du peyotl, et cætera ! Aux mentalités d'alors peut-être cela semblait-il logique et juste.

Mais l'humanité couvait ses obscures instances, qui devaient faire irruption victorieusement. La nature elle-même venait à leur rencontre.

Un premier indice fut la constatation que la simple peau de banane, convenablement préparée, pouvait produire des sensations délicieuses. D'année en année les expérimentateurs ouvrirent de nouveaux horizons sans violer le code. Une succession de glorieuses découvertes : les pommes de terre bouillies, ingérées dans l'obscurité complète, procuraient des visions dionysiaques; des effets aussi intenses étaient obtenus avec l'infusion de vieux dictionnaires mélangée à l'huile de gentiane, ou par l'audition à l'envers de musiques de Wagner, ou en pétrissant des meringues et de la salive de chien boxer. Il y eut ensuite la mode de la gymnastique psychédélique, plutôt fatigante il faut l'avouer, mais très efficace.

Et nous voici aux plus récentes conquêtes. L'atmosphère qui entoure le globe terraqué est un stupéfiant, il suffit de l'introduire dans les poumons et de le rejeter selon un rythme particulier qui s'apprend très facilement.

Il y a mieux. La vie elle-même — c'est le dernier cri — le simple fait d'exister est une drogue très puissante, il ne s'agit que de ne s'y opposer en rien, de se laisser aller. Et on s'enfonce dans un délire paradisiaque.

ICARE

14 JUIN 1968

Je suis entré aujourd'hui à la clinique Maison d'Azur pour me faire opérer. Malgré toutes les hypocrisies d'usage, je sais très bien que ce sera une opération grave, si grave que sans doute elle est inutile.

Bien que je ne l'aie jamais dit à personne, ma femme, mes enfants, les médecins devinent ce que je pense et s'efforcent de me tranquilliser par tous les moyens possibles. Ils rient, ils plaisantent, ils parlent de choses amusantes et frivoles, ils font des projets à longue échéance. On envisage une croisière, un voyage en Bretagne, une partie de chasse en Styrie. Ma guérison complète ne fait l'objet d'aucun doute. Dans dix jours au plus je serai de retour à la maison, dans vingt jours je serai plus alerte qu'avant.

Le professeur Coltani, la célébrité qui doit opérer, m'a dit : « A partir du moment où vous êtes entré en clinique, vous pouvez vous considérer comme déjà convalescent. L'opération, en soi, ne présente aucun problème, et on peut exclure *a priori* toute complication. En un certain sens, maintenant que vous l'avez décidée, elle est une simple formalité. »

Le professeur Coltani est déjà un vieillard, mais ses petits yeux ont gardé une vivacité incroyable. Il m'a semblé fatigué, ce matin, quand il est entré dans ma chambre, fatigué et souffrant.

Mais plus on affiche autour de moi l'insouciance et

la bonne humeur, plus je suis persuadé d'avoir raison. J'en ai trop vu, durant ma vie, de comédies de ce genre. Je dirai plus : la gaieté et la sérénité qu'on administre au malade à la veille d'une opération sont directement proportionnels au danger. C'est justement quand les médecins assurent avec un sourire qu'il n'y a pas l'ombre d'un péril, qu'il s'agit de se méfier. C'est un bizarre tribunal; où souvent la sentence d'absolution plénière prélude à l'échafaud.

15 JUIN 1968

On ne m'a pas encore dit quand je serai opéré. Pour éliminer au départ toute possibilité de surprise, il faut une quantité d'examens et de contrôles qui peuvent demander plusieurs jours; en tout cas, pas plus d'une semaine. C'est ce que m'a dit le docteur Rilka, premier assistant de Coltani, un petit homme d'environ quarante-cinq ans, très vivace et qui a eu l'air très flatté quand il a su que j'étais écrivain.

On me permet, pour le moment, la télévision. Ce soir il y eut une table ronde très spirituelle — particulièrement brillants Ruggero Orlando et le professeur Silvio Ceccato — à propos de l'astéroïde Icare, dont les journaux avaient commencé à parler il y a deux ans en prévoyant l'éventualité de sa chute sur la Terre. La catastrophe avait été prédite pour la seconde moitié de juin 1968, c'est-à-dire ces jours-ci. A ce moment, les observatoires astronomiques les plus autorisés démentirent à plusieurs reprises. L'astéroïde approcherait la Terre à une distance minimum de six millions et demi de kilomètres, ce qui excluait tout danger; et il n'y avait pas de raison pour que la trajectoire prévue subît le plus petit changement. La table ronde de ce soir, avec l'intervention de personnalités hautement qualifiées, avait pour but de dissiper joyeusement les derniers restes de doute ou de crainte auprès du public.

16 JUIN 1968

Vers quatre heures de l'après-midi, heure inusitée pour sa visite, le docteur Rilka est venu me voir. Il semblait embarrassé, comme s'il avait eu à me communiquer une nouvelle déplaisante. Et il s'est perdu dans un préambule tortueux, en somme il avait besoin de me faire une confidence, qui d'ailleurs n'avait aucun rapport avec la raison de mon séjour en clinique.

A la fin il s'est décidé. Il voulait de moi une promesse : qu'avant mon départ, après l'opération bien entendu, je lirais un opuscule de poésies inédites dont il était l'auteur; et que je lui dirai mon opinion sans ambages. Il cherchait à s'excuser, comme s'il s'était agi d'une faiblesse peccamineuse. Mais ses yeux étincelaient. Et il était clair que l'ambition littéraire dominait sa vie, et non le désir d'une belle carrière médicale.Je le rassurai aussitôt. J'aurais lu ses poésies avec la plus grande attention. Encouragé, Rilka commença à m'en réciter une, qui, si je m'en souviens bien, commençait ainsi : « Un agrégat d'atomes en désordre, si la réalité domestique du cosmos... » Heureusement à cet instant est entrée sœur Prénestina qui venait le chercher pour un autre malade. Il est parti, tout joyeux, avec un clin d'œil qui voulait me dire : « Ne t'en fais pas, je reviendrai dès que possible, ce bon morceau n'est pas perdu. »

17 JUIN 1968

Ce fut une curieuse journée. Le docteur Rilka s'est montré de grand matin, encore plus ému qu'hier. Il était porteur d'une grande nouvelle. Mais avant de m'en faire part, il voulut que je modifiasse ma promesse : ses poésies, j'aurais dû les lire avant l'opération et non après. Craignait-il que je mourusse sous les fers ? Non. La raison était bien plus énorme. Et

Rilka se pencha pour me chuchoter la chose à l'oreille, tant elle était secrète.

Voici. Rilka avait rencontré le professeur Nessaïm, directeur de l'observatoire de Mehala, dans le Ghana, qui se trouvait ces jours-ci dans notre ville pour un congrès. Et Nessaïm lui avait révélé que, dans une réunion secrète tenue l'année dernière en Angleterre, les responsables des plus importants observatoires, sous le sceau du serment, avaient stipulé un accord, au sujet de l'astéroïde Icare, afin de taire la vérité avec la plus grande rigueur, pour épargner à l'humanité une angoisse inutile. Sans aucune chance d'erreur, l'astéroïde se serait écrasé sur la Terre pendant les premières heures du 19 juin 1968. Etant donné ses dimensions — plus d'un kilomètre et demi de diamètre — les conséquences seraient apocalyptiques; et il n'y avait aucune possibilité d'y échapper. En peu de mots, la fin du monde.

J'avoue que la nouvelle, dans les tristes dispositions d'esprit où je me trouve ces jours-ci, m'a donné une consolation immense. De toute façon, moi je dois mourir. Mais ce qui est affreux, quand on meurt, c'est de s'en aller tout seul. Si on part tous ensemble, et si ici-bas il ne reste personne, je ne dis pas que cela devient une fête, mais presque. Quelle crainte peut-on avoir, s'il s'agit d'un sort commun ?

Et puis — ce sera de l'égoïsme, ce sera d'un esprit mesquin tant qu'on veut — il y a un certain plaisir à voir abolie d'un seul coup la scandaleuse supériorité de qui a pour seul mérite d'être né après nous. Et quelle belle leçon pour certains fripons qui chargent jour et nuit comme des buffles pour une lire de plus dans la tirelire, pour un échelon de pouvoir en plus, pour un applaudissement de plus, pour une femme de plus, pour une canaillerie de plus et qui ont déjà planifié leurs succès pour une horrible quantité d'années à venir. Quelle sacro-sainte douche pour tant de petits jeunes gens qui se croient déjà les maîtres du monde, de l'intelligence, du beau et du juste et qui nous regardent nous autres vieux, comme des cafards putréfiés, comme si eux devaient vivre éternellement, quelle magnifique surprise, tous emportés en un éclair sur le même corbillard noir, et jetés la tête la première dans les cataractes du néant.

Rilka aussi, je dois le reconnaître, montre en la circonstance un esprit remarquable. Mais il désirerait une chose, avant l'extermination totale : savoir de moi si ses poésies ont une valeur. Il dit que, si ma réponse était positive, il mourrait heureux.

Et maintenant me voici seul dans la pénombre azurée de ma chambre, et j'invoque : « Oh ! oui, viens, astéroïde béni, ne te trompe pas de route, précipite-toi sur nous avec toute ta merveilleuse énergie, réduis en miettes cette planète désastreuse. »

18 JUIN 1968

Ce matin, c'est le professeur Coltani en personne qui m'a réveillé vers sept heures. « Alors, m'a-t-il annoncé en se frottant les mains avec satisfaction, alors, à demain matin.

— Demain matin, pourquoi ?

— L'opération, voyons ? Cette intervention de rien du tout, cette petite formalité...

— Mais comment ? Le docteur Rilka m'a dit que désormais...

— Pourquoi désormais ?... »

Je lui ai expliqué la révélation de l'astronome Nessaïm. Coltani s'est mis à rire. Lui aussi était présent au colloque entre Rilka et Nessaïm. Et Nessaïm n'a jamais songé à dire une chose de ce genre; au contraire, il n'avait fait que confirmer les démentis de tous les autres astronomes dignes de ce nom. Il s'était sans doute agi d'un petit truc naïf de Rilka pour m'obliger à lire tout de suite ses poésies.

L'anecdote semblait très drôle à Coltani. Mais tout à coup il est devenu pensif :

« Il n'y a pas que vous, cher ami, vous qui dans quelques jours pourrez aller vous balader et avez devant vous qui sait combien d'années de santé. Moi oui, je serais heureux si Icare...

— Vous ? Et pourquoi donc ?

— Moi... moi je continue à travailler... je continuerai à travailler jusqu'à la limite de mes forces... c'est la seule distraction possible... Mais je n'en ai pas pour longtemps, plus pour longtemps, cher ami, vous avez devant vous un homme condamné... » Il se redressa, reprit les commandes, retrouva son sourire impavide. « Bah ! ne parlons plus de ces mélancolies... Vous, plutôt, soyez tranquille... les examens ont donné des résultats merveilleux... Alors, à demain matin... »

19 JUIN 1968

Il est deux heures, la clinique est tout à fait silencieuse. Dans cinq heures on viendra me prendre avec le chariot pour me porter à la table d'opération. Cette nuit est sans doute la dernière où je sois entier et disponible. Dans six ou sept heures il se peut que je n'existe plus, ou que je sois réduit à une ruine destinée à une rapide destruction, ou, pis, que je me retrouve comme maintenant parce que les chirurgiens, après avoir ouvert, auront refermé tout de suite, s'il n'y a plus rien à faire. Et l'astéroïde Icare n'est pas arrivé, l'astéroïde appartient aux belles fables absurdes qui donnent à l'homme quelques instants d'illusion et se dissolvent en un éclat de rire, le corps céleste évoqué est en cet instant en train de voler au-dessus de cette clinique à une vitesse vertigineuse et il ne sait rien de moi, il ne soupçonne pas le moins du monde que je le désire... moi et peut-être aussi le professeur Coltani... Le cher astéroïde, après avoir dépassé le point de distance minimum, est déjà en train de s'éloigner de nous, il s'enfonce dans les abîmes du cosmos et quand on en reparlera dans dix-neuf ans, moi je serai cendre et poussière, sur la pierre tombale mon nom sera à demi effacé...

Mais il doit y avoir un malade grave, cette nuit. De l'autre côté de la double porte, j'entends des bruits de pas pressés, des conversations de femmes, à voix basse. Une sonnerie lointaine. Dehors, dans la rue, pas un passage d'auto.

Etrange. Est-ce une intervention urgente ? Le va-et-vient dans le couloir augmente. On entend même des appels, presque des cris. On dirait que la clinique entière est réveillée.

On ouvre sans frapper. Quelqu'un entre. C'est le docteur Rilka, en manches de chemise, plus essoufflé que jamais. Il court vers mon lit en me tendant un rouleau de feuillets : « Lisez, je vous en supplie, lisez-en au moins deux, il ne reste plus que quelques minutes...

— Alors, c'est vrai ? fais-je en me redressant pour m'asseoir, et je me sens jeune, sain, robuste. Alors c'est vrai ?

— Et comment que c'est vrai ! » dit-il, et il se précipite à la fenêtre, il remonte rapidement le store. « Et ne perdez pas de temps je vous prie, lisez-en au moins une !... »

Mais dehors il y a de la lumière. Et ce n'est pas la lune. A deux heures du matin une lumière blanc-bleu qui éblouit comme celle du chalumeau oxhydrique. Et une confusion, un mugissement, une immense rumeur qui se lève de toute la ville. Puis un hurlement, deux hurlements, mille hurlements conjugués de terreur (ou de jubilation ?). Et avec les hurlements une voix indicible, inhumaine, râle, sifflement, tumulte qui se dilate immensément dans le ciel. Et moi qui ris, heureux, en éparpillant dans la chambre, comme un fou, les poésies. Et lui, le docteur Rilka, qui (pour trois ou quatre secondes de vie qui lui restent), court çà et là désespéré, pour les ramasser et proteste :

« Mais qu'est-ce qui vous prend, monsieur Buzzati ? »

INVENTIONS

L'HÔPITAL MALADE

QUAND j'entrai à la clinique Ophélie — le lendemain on devait m'enlever la vésicule biliaire — le portier m'accompagna jusqu'au bureau du médecin de garde. C'était un homme d'environ quarante ans, pâle et maigre. Il se leva de son fauteuil et retira le thermomètre qu'il avait dans la bouche. « Je vous demande pardon, mais j'ai presque trente-neuf de fièvre.

— La grippe ?

— Eh, qui sait... »

Malgré son état fébrile, il me conduisit à ma chambre et me conseilla de me coucher aussitôt. Ensuite entra une gracieuse infirmière pour me faire une injection calmante. Elle boitait.« Si vous saviez, monsieur, m'avoua-t-elle avec un doux sourire, avec l'humidité qu'il y a aujourd'hui, les tours que me joue la sciatique... »

Plus tard arriva le professeur Trizzi, celui qui m'opérera demain : une silhouette jeune, vigoureuse, sympathique. « Vous, monsieur, vous avez eu de la chance, permettez-moi de vous le dire. En fait de vésicule biliaire, je crois qu'actuellement il n'y a personne qui en sache plus long que moi. Et pour cause ! Pour cause ! — avec un grand rire. Demain matin je travaillerai sur vous. Et après-demain ce sera le tour des autres. Sur moi, vous comprenez ? Moi aussi, la vésicule, *kaputt !* » et il fait le geste de jeter un débris. « Bien pire que la vôtre, bien pire. Parce que la vôtre, aujourd'hui nous connaissons exactement son état. Tandis que dans mon cas... Dans mon cas la situation, comment dire ? est plutôt embrouillée. Eh, on sait où on coupe, on ne sait pas ce qu'on trouvera ! » Un autre grand rire. « Le proverbe de mon vieux maître Rippellini est toujours valable malgré les progrès de la science ! » Il porte une main à son estomac, à droite, et a une grimace douloureuse. « Aïe, aïe... j'ai peur que... excusez-moi si je m'assieds... affaire de quelques secondes... ce sont des accès passagers... Mais ne vous inquiétez pas, pour l'amour du ciel... J'en ai seulement l'après-midi, jamais le matin, absolument jamais... »

Il reste à bavarder aimablement, et quand il prend congé il me dit : « A propos, notre directeur, le *boss* de la clinique, il tenait à vous accueillir, il me l'a dit expressément, et il s'excuse de n'avoir pas pu le faire. Malheureusement ce matin... malheureusement il a eu... on ne peut pas dire précisément un infarctus, mais le repos, vous le savez vous-même, pour les troubles cardiaques, c'est la chose la plus importante... »

Quand plus tard vient l'infirmière de nuit, je remarque qu'elle se passe sans arrêt la main droite sur la joue, d'un geste fébrile. « Un peu de mal de dents ? demandé-je par pure politesse.

— Ne m'en parlez pas. De tout mon cœur je vous souhaite de n'avoir jamais à faire avec le trijumeau... Il y a de quoi devenir folle, je vous jure, folle... Heureusement que je suis de nuit, il ne me sera pas difficile de rester éveillée. » Et elle réussit même à sourire.

Je la regarde perplexe : « Je vous demande pardon, mademoiselle : ici à la clinique Ophélie, le personnel soignant, on dirait, est entièrement composé de malades ? »

Elle lève la tête, l'air stupéfait : « Je crois bien, monsieur. Ce n'est pas pour rien que nous sommes la clinique la plus renommée d'Europe.

— Je ne comprends pas.

— Comment ? Vous ne saviez pas ? Psychothérapie, psychothérapie. C'est le centre de psychothérapie le plus avancé du monde. Dites-moi : vous n'êtes jamais allé à l'hôpital ?

— Non, jamais.

— C'est sans doute pour cela que vous ne comprenez pas. Quel est l'ennui de l'hôpital ? La maladie ? Non. L'ennui de l'hôpital c'est de voir tous les autres, qui ne sont pas malades. Quand vient le soir, on est cloué au lit, et les médecins, les infirmières, les assistants s'envolent tous vers la ville comme des pinsons, qui à la maison, qui chez des amis, qui vers un cinéma, qui vers un théâtre, qui vers l'amour; et cela déprime terriblement, croyez-moi, cela nous fait nous sentir diminués, et cela influe sur le cours du mal d'une manière décisive. A l'opposé, si on est moribond et que tous les autres sont déjà morts, on se sent un roi. C'est sur ce point précis que nous réalisons le miracle. Avant tout, pas de visites de parents et d'amis, pour éviter une confrontation déplaisante. Et puis, et puis... médecins, assistants, chirurgiens, anesthésistes, infirmières, etc., tous sérieusement malades. Les patients, en comparaison, se sentent des seigneurs de bonne santé. Se sentent ? Ils le deviennent. Parfois ils guérissent sans même prendre une pilule. Et il se peut qu'ils soient entrés plus morts que vifs. »

LE CHIEN DE TABLEAUX

Un jour Renato Cardazzo me dit : « Quelquefois, le matin quand j'arrive à ma galerie, je trouve la cour encombrée de tableaux disposés tout autour. Quelque malheureux peintre qui essaie de me séduire. Des amateurs, bien sûr. Et je m'en aperçois tout de suite à l'odeur.

— Pourquoi, les amateurs ont une odeur spéciale ?

— Exactement. Ils puent. Pas eux. Leurs tableaux. Comme si les couleurs, quand elles se sentent mal employées, se révoltaient en exhalant des senteurs désagréables. »

Cela me parut une théorie amusante mais douteuse. J'avoue qu'aux expositions, même devant les croûtes les plus ignobles cette puanteur je ne l'avais jamais sentie. Mais c'était une hypothèse fascinante. Et je commençai une série d'expériences. Je pensais : admettons que Renato Cardazzo ait un flair exceptionnel, ce n'est jamais qu'un homme, et un chien de chasse, en fait de sensibilité olfactive, saura faire bien mieux.

Je me procurai donc un braque bien dressé et je l'emmenais faire des tours dans le quartier des artistes, là où s'alignent toutes ces boutiques d'épouvantables tableaux pompiers, la marine au crépuscule, le chalet alpin avec les brebis, la tête de vieillard, les petites femmes du XVIIIe. Eh bien, avant même d'apercevoir le clinquant des cadres exposés au ras du trottoir, Walter, c'était le nom du chien, hérissait un triangle de poils au sommet de son dos et émettait un faible gémissement. Encore quelques pas, et il s'arrêtait, refusant d'aller plus loin. J'avais beau tirer sur la laisse; comme si je l'avais conduit à la fourrière.

Je fis ensuite des expériences en sens inverse. C'est-à-dire en portant Walter près d'œuvres d'un niveau convenable ou élevé. Résultats enthousiasmants. Non seulement la sensible créature donnait des signes de satisfaction, contorsions, battements de queue, petits cris, etc., mais au voisinage de pièces maîtresses, elle « pointait » comme si ç'avait été une cible. Capable de rester cloué là pendant des heures. D'autant plus rigide que la peinture était plus belle.

L'application de cet exercice aux chroniques artistiques serait, inutile de le dire, très avantageuse. On n'aurait plus jamais de doutes. On découvrirait à coup sûr des génies en herbe. Mais les galeries ne sont pas favorables aux fréquentations canines. Sans parler du risque qu'en présence de tableaux horribles, Walter perde le contrôle et s'oublie. D'autre part, puisqu'il s'agit de perception olfactive et non visuelle lui faire voir des reproductions ne sert à rien. En outre, j'ai cru comprendre que ses goûts ne coïncident pas du tout avec les miens. Le sagace braque se montre résolument partisan des œuvres informelles, et approuve rarement les néo-figuratifs. (Se pourrait-il qu'il eût raison ?)

TÉLÉVISION SAVANTE

Du Japon un ami millionnaire m'a rapporté en guise de cadeau une nouveauté extraordinaire : une petite télévision, d'aspect négligé, mais dotée d'une vertu prodigieuse : si quelqu'un, même très loin, parle de nous, l'appareil nous le fait voir et entendre. Si personne ne s'occupe de nous, l'écran reste obscur.

Je dois dire que le premier enthousiasme s'est complètement refroidi quand, dans l'intimité de ma maison, je me suis astreint à faire l'essai. La médisance, on le sait, est un sport facile et répandu (certains pensent que c'est une des rares consolations de cette vallée de larmes). Et certes je ne me faisais pas d'illusions : mes amis eux aussi, si le discours me concernait, ne renonceraient pas à quelque pointe maligne. De toute façon ce sont des choses qu'il vaut mieux ne pas savoir. Pourquoi risquer une amertume inutile ?

Mais l'appareil était là, tout à ma disposition, avec son merveilleux secret. Et ma montre indiquait neuf heures et demie, l'heure où, à la fin du dîner, les amis se laissent aller aux confidences et aux perfidies. En outre ce jour-là était sorti un article de moi, auquel je tenais beaucoup, mais qui était plutôt téméraire. Oui, il était probable que dans plus d'un endroit on fût en train de dire pis que pendre de moi. Et pourtant, comment résister, dites-le-moi ? A défaut d'autres choses, les amères révélations m'auraient servi de règle. Ruminant ces pensées, je résistai un quart d'heure, puis j'allumai.

L'écran pendant quelques minutes demeura inerte.

Puis on entendit une voix, avec un accent émilien prononcé, bientôt suivie de l'image. Je vis deux messieurs sur la cinquantaine, dont l'un avait une barbiche, ils fumaient assis on ne savait pas si c'était dans un salon privé ou dans un club. L'un d'eux tenait sur ses genoux comme s'il avait à peine fini de le lire, le journal qui contenait mon article. Et il disait : « Je ne suis pas d'accord. Moi je l'ai trouvé plein d'esprit. Et puis il dit des choses que tout le monde pense et que d'habitude personne n'a le courage de dire. » L'autre hocha la tête : « Il se peut que tu aies raison. Mais à moi, ce style, ce sera moderne tant que tu voudras... » Et les deux hommes, que je n'avais jamais vus auparavant, disparurent, signe qu'ils avaient changé de sujet de conversation.

Presque aussitôt l'écran se ralluma. Je reconnus le restaurant littéraire que moi aussi je fréquentais régulièrement. C'était la table habituelle, où étaient assis trois collègues de mon journal. Mon cœur se mit à battre plus fort. « Comme minimum, pensai-je, maintenant ceux-là vont m'écorcher vif. »

« Tu vois ? disait le plus âgé, un vieil ami. Pour moi, c'est un exemple typique de ce qu'il faut entendre par bon journalisme moderne. Du reste, qui n'a pas ses défauts ? Pourquoi toujours dire du mal ?

— Et qui disait du mal ? répliqua le plus jeune, connu pour ses mots corrosifs. Seulement le lecteur moyen, le lecteur d'un quotidien, de telles finesses lui échappent...

— Quoi qu'il en soit, commenta le troisième, lire des morceaux semblables, c'est un vieux du métier qui vous le dit, cela fait toujours plaisir. »

Comment ces chers amis en sont venus à savoir que je possédais la télévision diabolique, et ont pu se régler en conséquence, cela restera pour moi un mystère insoluble.

VITESSE DE LA LUMIÈRE

Le bruit court qu'on va construire la voie ferrée dans la Val Rita; nous sommes en novembre, sur les hautes cimes de part et d'autre il a déjà neigé, et bientôt les toits aussi seront blancs.

On entend dire que les locomotives monteront le long de la Val Rita. Dans les fermes qui fument à l'orée des bois, d'où on voit en bas le village comme un jouet, certains vieux grands-pères assis près du feu hochent la tête : le chemin de fer, le chemin de fer, cette manie des fous; il se produira du vilain, qui sait ce que feront les esprits de la montagne, les esprits capricieux et taquins, capables de combiner quelque désastre, de se venger, ils ne peuvent pas souffrir les explosions, c'est certain, ni le fracas, et puis il y aura la fumée, les rails là où des arbres très beaux vivaient heureux, les martèlements, tout l'outillage, et les sifflets désespérés, la nuit, qui montent de la plaine lointaine.

On vocifère que la voie ferrée est imminente. Dans les tavernes du village les chasseurs de la Val Rita hochent la tête : finis, les temps de la grande chasse, le train épouvantera les bêtes sauvages; les chevreuils, les cerfs, les daims, les lièvres, les renards, hardes et mâles solitaires s'enfuiront par les cols, ils émigreront dans les réserves de la Val Berna, de la Val Ligontina, intouchables : la paix, l'ancienne beauté, à jamais perdues.

On discute, on grogne, on déplore. Mais tout s'est

fait pendant que ceux-là étaient encore en train de dire non. Le 14 avril il y eut l'inauguration, là-haut à la tête de ligne de Costamagna, la célèbre station des grands seigneurs qui viennent l'été avec automobiles et chauffeurs. L'inauguration a même été honorée de la présence de Sa Majesté : les drapeaux, les fanfares, les discours, les fleurs, le soleil, la gaieté générale de la fête, l'avenir radieux. Et on ne peut pas dire que la vallée ait beaucoup changé, les esprits, qui sait pourquoi ? se sont abstenus de faire leurs farces aussi bien de jour que de nuit, et les bêtes sauvages n'ont même pas eu peur; l'été, le tunnel de la Césurette sert de cachette et de nid aux marmottes, aux fouines, aux lapins de garenne et à d'autres animaux. Quant au train, on le voit à peine, il est presque toujours caché par les arbres; seulement quand il passe sur le pont du Rio Gerason il se donne en spectacle, et les gamins courent le voir en imitant ses sifflets.

Naturellement ils ont construit les petites gares et les postes ferroviaires; pour les cheminots on a organisé des cours spéciaux réservés aux habitants de la vallée qui ont le brevet élémentaire. Fausto Da Ronc di Sisto a fini premier, il a vingt-quatre ans, jeune homme bien doué, électricien de métier, son poste est au kilomètre 28, et correspond à une courbe audacieuse, orgueil de l'ingénieur qui a établi le projet. Dans le bois. A côté, une source.

Du poste on domine un bon morceau de voie ferrée des deux côtés, en aval elle disparaît là-bas derrière une grosse côte rocheuse sans nom, en amont elle est engloutie par le tunnel dit du Traverso. Une vie dans l'ensemble tranquille, de onze heures du soir à six heures du matin on n'est jamais dérangé, en effet la nuit les trains ne circulent pas. Certes, de temps en temps il y a l'inspecteur : un brave homme. Et les nuages, qui passent lentement, se transforment, assument des formes étranges, ils nous parlent de notre vie secrète, puis ils disparaissent.

On dit : la vitesse de la lumière, merveille de la physique moderne; à cette idée notre pensée s'égare dans l'immensité des espaces universels. Mais la lumière est une pauvre vieille tortue boiteuse et malade à côté de l'homme, de la rapidité épouvantable avec laquelle l'homme surgit et s'en va.

Un délicieux enfant est né : les dentelles, les dragées, le baptême, les attendrissements, les baisers, les vœux, le bonheur, l'avenir de gloire; puis on répète quatre-vingts fois « Bonne année ! » aussi vite que possible, et le vieillard descend au tombeau. C'est pourquoi rien ne donne le frisson comme les gamins qui disent : nous autres jeunes, nous autres jeunes, comme s'ils étaient d'une autre race; avant qu'ils aient fini de parler, déjà leur langue s'empâte dans l'opacité de la sclérose.

Les trompettes qui ont salué le roi le fameux jour de l'inauguration n'ont pas eu le temps de s'évanouir dans les gorges. La garde d'honneur en grand uniforme n'a pas eu le temps de passer du « Présentez armes » au « Repos ». Et la jeune épouse de Fausto Da Ronc n'a pas eu le temps de planter les géraniums dans les jardinières devant les fenêtres. Voici que sont arrivés les ingénieurs, les géomètres et les ouvriers pour démolir la vieille voie ferrée décrépite, piège ridicule du vieux temps. Il y a deux mois est passé le dernier train, on était en février, il neigeait. On n'entend presque pas les terribles coups de masse, à cause du grondement catastrophique des camions l'un derrière l'autre sur l'autoroute voisine, comme d'obtus bisons en folie.

Après la liquidation du personnel, en récompense de ses bons services, le cheminot Da Ronc, soixante-trois ans, a obtenu de la direction le privilège de continuer à habiter le poste du kilomètre 28 sa vie durant. La femme est morte. Des deux fils, un est installé à Hambourg, l'autre aussi à l'étranger, Dieu seul sait où. Seul, taciturnes au-dessus de sa tête, les montagnes, elles, n'ont pas changé. A propos : on dit que Fausto a un peu perdu la tête. Le soir, en correspondance avec l'exomnibus de 21 h 14, qui n'existe plus, il sort encore avec sa lanterne et fait des signaux lumineux.

Voici le poste du kilomètre 28 sur la ligne de chemin de fer abandonnée, les fenêtres sont encore allumées dans la nuit venteuse d'automne — ce long mugissement du bois, comme une main d'argent qui fouille le cœur — et lui qui attend. Qui passera ce soir sur le rapide fantôme qu'illumine la lumière azurée d'outre-tombe ?

Y aura-t-il à la fenêtre le pâle archiduc qui s'est tué par amour, et qui semble phosphorescent ? Ou bien (les têtes balancées par le quadruple martèlement en *la* mineur) les grands, les nobles, les femmes fatales, ou les aventuriers sans pitié des vices et des romans ? Ou la princesse cireuse que ses riches parents, pour essayer de la sauver, veulent conduire à Syracuse, mais toujours ils se trompent de train, et la jeune fille s'enfuit et meurt en traversant les steppes et les montagnes, milliers et milliers de kilomètres, tandis que le vieux cheminot, immobile devant les rails morts, voit s'évanouir, là-bas au fond, la vie, les espérances désormais lointaines, et tandis que de l'autre côté, tout doucement, s'avance le grand caillot de ténèbres, la grande chose noire, qui ne vient que pour lui ?

BESTIAIRE

QUATRE histoires d'animaux qui me semblent curieuses, mais que malheureusement je ne peux donner que sous bénéfice d'inventaire.

LE CHIEN

« Il y a une vingtaine d'années, me racontait le docteur Diego Vesca, vieux médecin de Verbania, j'avais un superbe mâtin, appelé Furio, qui m'était très attaché. Si beau qu'un vilain soir il a disparu et je l'ai cherché partout, j'étais désespéré, pendant des mois j'ai fait des battues tout autour du lac, mais en vain, quelqu'un me l'avait volé...

« Mais jusqu'ici, me direz-vous, rien d'extraordinaire. Alors écoutez. A plus de dix ans de distance, un beau matin je prends la navette pour Laveno comme je fais au moins deux fois par semaine encore maintenant. J'étais à la poupe et le bateau venait de se détacher du quai quand je vois arriver à toute allure, vous savez qui ? je vois arriver mon Furio, tel quel, et il s'arrête sur le bord du quai en aboyant deux ou trois fois, puis il se jette à l'eau et commence à nager. Le bateau avait pris de la vitesse, la pauvre bête ne pouvait pas le rattraper. Alors je me mets à crier « Arrêtez ! Arrêtez ! » et je cours chez le commandant qui me connaissait, je le supplie d'arrêter. Cependant, le chien nageait nageait, mais il était déjà épuisé et je continuais à appeler Furio, Furio pour lui donner du courage, mais je le voyais perdre de plus en plus de terrain. Et le commandant est venu à la poupe lui aussi et je lui ai montré le gros chien qui nageait, mais il disait qu'il ne voyait rien et les autres passagers non plus, tous disaient qu'ils ne voyaient rien et ils commençaient à me regarder avec un drôle d'air comme s'ils m'avaient pris pour un fou.

« Finalement, comme il me voyait si agité, pour me faire plaisir le commandant a fait faire marche arrière à la navette sur quelques centaines de mètres afin de me convaincre qu'il n'y avait aucun chien qui nageait et en effet quand la navette a commencé sa marche arrière, Furio avait disparu et je n'ai plus rien dit pour qu'on ne me crût pas complètement cinglé.

« Mais jusqu'ici, me direz-vous, rien d'extraordinaire. Mais écoutez. Depuis lors, plus ou moins tous les deux ou trois mois, la scène se répète. La navette s'est à peine détachée de la rive, quand arrive à pleine vitesse mon Furio qui se lance dans l'eau à la poursuite du bateau. Mais le bateau va plus vite que lui et la pauvre bête reste en arrière et nage avec la force du désespoir et me regarde, me regarde. Je sens ses yeux qui m'entrent ici », et il désignait son cœur. « Enfin à un certain point Furio n'en peut vraiment plus et je vois sa grosse tête disparaître sous l'eau. C'est chaque fois la même chose. Mais je n'appelle pas, je me tiens tranquille, je ne crie pas d'arrêter le bateau. Je sais qu'il s'agit seulement d'un fantôme. Si je fais le calcul, aujourd'hui il aurait vingt-quatre ans, on n'a jamais vu un chien vivre si longtemps. C'est seulement un fantôme. » Des larmes lui rayaient les joues.

LES FOURMIS

Quand je suis allé à New York pour la première fois, j'ai eu pour guide un de mes oncles, homme d'une soixantaine d'années qui travaille comme monteur au Musée d'Histoire naturelle. Naturellement il m'a tout de suite fait voir les gratte-ciel, en commençant par ceux de Wall Street. Et puis il m'a dit : « Regarde-les, regarde-les bien, mon cher neveu, pour la dernière fois parce que dans quelques années, et peut-être dans quelques mois, il n'en restera pas même un. Tu sais ce que c'est que la fourmi du fer ? *Formicula siderofaga* ? C'est une fourmi minuscule, presque microscopique, qui se nourrit exclusivement de fer ou de métaux analogues. Or, comment la chose s'est produite on n'en sait rien, parce que c'est une espèce qui n'existait pas ici, jusqu'à présent on la trouvait dans le bassin du haut Zambèze. Qui sait : une feuille apportée par le vent. Ou les oiseaux migrateurs. Ou quelque émigrant en provenance de l'Afrique. Toujours est-il qu'une colonie s'est installée ici à Manhattan, elle a commencé à ronger, et elle en a fait du travail, en tant d'années. Les voraces petites bestioles dont personne ne sait rien, à part nous qui sommes du métier ! Tu les vois, ces fameux géants de ciment et d'acier ? Dieu seul sait comment ils tiennent encore debout. Complètement vidés à l'intérieur, sans plus trace de squelette, les fourmis l'ont consciencieusement dévoré. Fais attention, ne te cogne pas au mur ! » et il m'a tiré brusquement par le bras en m'écartant parce que, pour doubler un passant, j'effleurais la base du Woolworth Building. « Tu veux qu'il s'écroule tout entier sur ta tête ? »

L'AIGLE

« Sur ces montagnes, m'a raconté le guide Gabriele Franceschini, un vieil ami qui vit au hameau Piereni, très beau coin solitaire de la Val Canali, Pale di San Martino, de temps en temps un aéroplane s'arrête.

— Comment cela, s'arrête ? dis-je.

— Il se fracasse contre, explique-t-il, on le voit survoler la vallée, d'habitude il franchit la crête là-haut, à la hauteur du Sass d'Ortiga, et on continue à entendre le grondement, et puis tout à coup le grondement cesse. Et personne ne sait rien, personne ne dit rien, les journaux et la télé ne disent rien, mais quelques jours plus tard arrivent des types à lunettes qui posent des questions, si nous ne savons rien d'un avion comme ci et comme ça qui est peut-être tombé de ce côté et quelquefois ils organisent des recherches avec un grand va-et-vient d'hélicoptères.

« Eh bien, on n'a jamais trouvé le moindre débris. Et ces montagnes ne sont pas l'Himalaya, ni même le mont Blanc, elles arrivent à peine à trois mille mètres, et pourtant on n'a jamais trouvé un éclat, un os, une trace quelle qu'elle soit.

« Sinon qu'un jour qu'avec un client je faisais la paroi de la Cima del Coro, tu la connais toi aussi, juste au-dessus de moi je vois un aigle. Des aigles, par ici, c'était la première fois que j'en voyais. Je m'arrête sur une saillie et je le vois qui s'approche. Je me dis, est-ce qu'il aura son nid dans le coin, est-ce qu'il aura des intentions belliqueuses ? Il ne devait pas être à plus de trente mètres. Avec des ailes qui semblaient des stores. Teuf-teuf. Presque immobile. Et alors je vois qu'il tient quelque chose dans son bec. Le repas des aiglons, me dis-je. Mais il ouvre le bec et laisse tomber. Et la chose rebondit sur le rocher à trois mètres de moi, une chose étincelante, et elle tombe le long d'une cordée jusqu'à un petit parapet. Par curiosité, je descends voir. C'est une chaînette d'or avec une médaille. Et au revers de la médaille un prénom, Dorothy, et une date que j'ai oubliée. Et moins d'un mois plus tard, du même côté, mais cette fois au lieu de faire la paroi j'étais sur le sentier, la même chose se produit. De nouveau l'aigle qui descend et me jette un paquet, mais ce n'était pas un paquet, c'était un béret d'hôtesse, tout déteint, et l'insigne indiquait qu'il s'agissait d'une hôtesse des lignes suisses. Et puis une troisième fois, toujours l'aigle, qui m'a lancé un portefeuille avec des papiers et une vingtaine de dollars, d'un certain Joseph Abeniacar, un commerçant grec. Je suis fou ? Redis-le-moi-le !

(C'était une de ses vieilles facéties.) Viens à la maison, je te montrerai. »

Nous entrons chez lui. Il ouvre un tiroir. Il y a la chaînette, le béret d'hôtesse, le portefeuille avec les papiers et les vingt dollars. Il me regarde et rit : « Pourquoi je ne l'ai dit à personne ? A toi, à personne d'autre. Où veux-tu que ces malheureux trouvent un meilleur repos que là-haut ? »

Certes, le collier, le béret et le portefeuille je les ai vus. Mais ce pourrait être une blague ? Gabriele a toujours eu une tendance à la littérature.

LE BOURDON

« Vois-tu, tout le monde pense que je suis une malheureuse, contrainte depuis l'enfance à passer du lit au fauteuil roulant et vice versa, m'a dit un jour qu'elle était en veine de confidences, la femme-peintre, Marika Schmiedt, victime de la poliomyélite, qui a aujourd'hui dépassé la quarantaine, et pourtant je crois que peu de personnes au monde ont trouvé autour d'elles tant de bonté. Et sais-tu qui plus que tous a eu pitié de mon désastre ? Tu ne le croiras jamais. Un bourdon. Un de ces bourdons noirs qui en général sont si agaçants et dont certains disent qu'ils portent malheur. Mais c'était un bourdon extrêmement bien élevé, il n'avait pas ces pattes visqueuses et collantes qu'ils ont d'habitude, je ne m'apercevais même pas qu'il se posait sur ma peau. Et naturellement au début il ne savait pas parler, mais il comprenait mot par mot tout ce que je disais. Et puis il a commencé à parler lui aussi avec une petite voix grêle. L'après-midi il sortait, et il revenait le soir et me racontait une quantité d'histoires incroyables sur le monde extérieur. Des choses que personne n'a jamais soupçonnées. Des choses folles. Et si tu savais les fous rires. Et les gens, qu'est-ce qu'ils disaient ? Rien. Quand des gens venaient, il se cachait. Et tu veux savoir où ? » Elle souleva la mèche de cheveux blonds qui lui cachait l'oreille gauche et là dans le creux du gracieux pavillon se tenait un beau bourdon noir qui décolla immédiatement en direction de la fenêtre ouverte. « Mais ce n'est pas lui, tu sais ? Celui-ci est un autre. Ah ! comme Rodolfo, il n'y aura plus jamais personne. Il m'amusait, il me distrayait, il me racontait des histoires drôles, il me donnait des conseils pour les tableaux, il avait un sens critique, je te jure, que les professeurs d'histoire de l'art auraient pu lui envier. Mais le monde est cruel... Un soir, mon petit ami n'est pas revenu. J'attends, j'attends. Rien. Quelqu'un l'aura tué. Ou il s'était égaré dans quelque nuage de D.D.T... Non, non, attends que je t'explique. Quinze jours plus tard, voici enfin le bourdon de retour. Rodolfo ! Rodolfo ! Je l'appelle. Mais ce n'était pas lui. C'était un autre, un ami de Rodolfo, à qui Rodolfo avait tant parlé de moi. Il avait appris la tragédie, il était venu me consoler, il se proposait comme remplaçant. Que devais-je faire ? Je l'ai accepté. Et maintenant lui aussi, le soir, va faire un tour pour recueillir les potins de la ville, lui aussi cherche à me remonter le moral. Mais on ne peut même pas comparer, puisqu'il n'est pas là je peux le dire. Tu sais ? Il vient d'une famille sans culture, celui-ci, il n'a pas de finesse d'esprit, il lui manque le sens de l'humour. Mais que veux-tu ? Plutôt que rien... »

L'ALIÉNATION

Monsieur le Directeur, sur le journal que vous dirigez, et où je travaille depuis des temps immémoriaux, a paru un article signé de mon nom. Mais ce n'est pas moi qui l'ai écrit.

Je ne prétends pas, Monsieur le Directeur, qu'on fasse une enquête pour établir le pourquoi et le comment de cette coïncidence, qui pour moi n'a rien d'agréable (je ne me hasarde pas à avancer l'hypothèse d'un plagiat intentionnel). Des recherches de ce genre, je m'en rends compte, seraient particulièrement ardues et laborieuses, sinon impossibles, dans un journal qui a l'ampleur du nôtre, puisqu'il paraît, les jours fériés, sur plus de mille pages, et puisqu'il a une organisation de rédacteurs pour ainsi dire impossible à connaître (il y a, n'est-ce pas, des gens qui parlent de cent trente mille personnes, si on additionne les chroniqueurs, les rédacteurs proprement dits, les envoyés spéciaux, les éditorialistes, les critiques, les graveurs, les metteurs en page, les faits divers, les sténographes, les correcteurs, les cartographes, les dessinateurs, les archivistes, la recherche, le service photographique, l'électronique et la radio, etc.).

Mais je pense, Monsieur le Directeur, bien que vous ne soyez évidemment pas responsable de ce dommage, que je peux oser vous demander, pour l'avenir, d'exercer un contrôle plus attentif afin que...

Non, cette lettre je ne l'enverrai pas.

Avant tout, à y bien penser, je ne peux pas prétendre obtenir du directeur une garantie de ce genre. Les cas d'homonymie entre auteurs de services ou d'articles dans le même numéro du journal n'ont rien de rare, et sont peut-être inévitables.

C'est un organisme mastodontique, notre journal, et si capable et laborieux, si bien secondé par un formidable état-major qu'il soit, le directeur ne peut qu'impartir des directives générales, il ne peut exercer qu'une vague surintendance, comme autrefois l'empereur de la Chine, à cause de la grandeur de son royaume. Certains numéros spéciaux des jours de fête, de plus de sept mille pages, il n'y a pas d'homme au monde, même très rapide et infatigable, qui puisse dans l'espace d'une journée je ne dis pas les lire en entier mais même les feuilleter.

Accessoirement, le directeur ne serait pas du tout content qu'un vieux rédacteur comme moi lui signale une petite gaffe advenue dans son journal.

D'autre part, s'agit-il vraiment d'une gaffe, d'un incident involontaire ? Ou ne serait-ce pas une chose précisément voulue par lui qui, dans les limites des possibilités humaines, gouverne l'activité démesurée de ce mammouth avec une longimirance exemplaire ?

C'était un bon article, honnêtement je dois l'admettre. Et j'y ai vu un style assez semblable au mien. Avec des trouvailles que j'aurais été content, je l'avoue, d'avoir inventées. L'argument — le problème des zones sous-développées sur la Lune — n'entre pas dans mon répertoire habituel (je suis, depuis plus d'un demi-siècle, chargé de la critique publicitaire). L'homonymie ne devrait donc ni m'inquiéter ni me blesser. Mais qui garantit que peu à peu le collègue inconnu ne va pas envahir mon petit jardin ?

Cet intrus, qui peut-il être ? Je pourrais, en parcourant des kilomètres d'ascenseurs et de couloirs, à travers le bâtiment à six corps qui est le siège du journal, arriver au chef de service qui supervise le secteur des zones sous-développées. Il s'appelle Giorgio Davallà. Je le connais très bien, c'est un vieil ami et un excellent homme. Mais je prévois déjà la scène. « Excuse-moi, dirait-il, mais avant-hier j'étais absent. L'article, je ne l'ai pas lu. Ce Buzzati qui a signé, je ne sais pas qui c'est. Il s'agit sûrement d'un collaborateur occasionnel. Aie un peu de patience. Je ferai des recherches. Je te comprends. Moi aussi, à ta place... Maintenant tu dois m'excuser, on m'appelle au téléphone d'Ankara... »

En outre, je me demande si ce Dino Buzzati, que je ne connais pas, ne serait pas par hasard l'instrument, peut-être à son insu, d'un processus fatal. S'il ne serait pas la nouvelle incarnation de moi-même, et destiné à prendre ma place.

Il y a, je le sais, des gens qui pensent que désormais je suis vieux (mais peut-on considérer comme vieux, que diable, un homme qui a à peine quatre-vingt-seize ans ?). Et avoir invité à collaborer ce nouveau Dino Buzzati, que le diable l'emporte, sans doute tout jeune, pourrait même être un signe de respect. Comme pour me garantir que mon petit drapeau continuera à flotter dans d'autres mains.

Certes, j'aimerais bien le connaître. Je ne pense pas que ce soit un démoniaque William Wilson, mon sosie même physiquement, venu au monde pour m'entraîner en enfer. J'ai demandé autour de moi, j'ai fait demander, j'ai distribué des pourboires, j'ai su. Ce Dino Buzzati existe, dit-on. Il paraît que c'est un garçon de vingt-sept, vingt-huit ans. Très convenable. Très cultivé, dit-on (et en ce cas il ne me ressemble pas, hélas !).

Non, je préfère ne pas le connaître. Je préfère le mystère. Il se peut qu'il soit une particule de la vague qui passe sur nous tous, la vague du temps, qui peu à peu nous transforme et nous dévore.

Du reste, depuis quelques mois je remarque un phénomène nouveau et troublant. J'ai la sensation que de jour en jour, quand j'arrive au journal, les collègues, les grouillots, les typographes me saluent moins qu'autrefois, ou plus précisément, me reconnaissent moins qu'autrefois.

Comme si peu à peu j'avais été un peu moins moi-même, comme si je me fusse éloigné lentement de celui que j'étais jusqu'à hier. Comme si ma physionomie, mon aspect, ma voix, n'eussent plus été autant les miens qu'autrefois. Et comme si tout doucement j'avais commencé à sortir de moi-même, à me dissoudre en inconsistance, en larve, en pensée, en souvenir, en néant.

Comme si celui-là, mon maudit homonyme, à pas feutrés s'était approché pour prendre ma place. Portant mon uniforme, parlant ma langue, aimant les même choses; mais avec l'investiture de ses vingt ans.

Ce matin je suis allé au journal. Pour la première fois les garçons de course à l'entrée ne m'ont pas salué. Ils m'ont même demandé :

« Pardon, monsieur, vous désirez ?

— Comment, je désire ? Je suis Buzzati, non ? Qu'est-ce que c'est que cette plaisanterie ?

— M. Buzzati, m'a répondu le concierge en chef, est dans son bureau. Si vous désirez lui parler, signez le module, ici, s'il vous plaît. »

J'ai signé. J'attends. Le grouillot va là-bas avec mon papier. Il revient au bout de deux minutes : « Venez, je vous prie. » Il ouvre la porte.

Là, dans le bureau, derrière la table, je suis assis. Mais pas jeune. Tout le contraire. Mon âge. Il m'est complètement étranger. Odieux. Il me sourit : « En quoi puis-je... ? »

Adieu.

PROGRESSIONS

A UN récent congrès littéraire on joua à faire un exercice de progressions : il s'agissait en quelques lignes, d'obtenir un résultat narratif par le développement progressif d'un motif au choix. Une relation avait souligné la tendance à la prolixité commune à une bonne partie de la production moderne et un des congressistes, dans sa réponse, avait invité ses collègues à démontrer que la synthèse, parmi leurs instruments de travail, était encore disponible; et il indiquait la technique de la progression comme une des plus utiles pour l'obtention d'effets de concentration expressive; on pouvait les retrouver — disait-il — non seulement dans certaines poésies classiques d'une extrême concision, mais aussi chez plusieurs écrivains occidentaux, de Shakespeare à Gioacchino Belli, de Lee Masters à Prévert. Sans compter — ajoutait-il — qu'elle coïncide avec le sens de la vie, qui dans tous les domaines se manifeste par une courbe qui part de zéro et à zéro revient inévitablement. Plusieurs écrivains acceptèrent le défi. Et voici quelques-uns des exemples qu'ils proposèrent :

PETITS NOMS

« Ange de ma vie ! »
« Dodo, beau bambin ! »
« Ça suffit, maladroit ! »

« C'est à vous que je parle, l'idiot du troisième
[rang ! »
« Espèce de crétin ! »
« C'est une heure pour rentrer, ça, mon trésor ? »
« Non, je vous en prie, mon jeune monsieur, me ne
[touchez pas ! »
« Allons, debout, flemmard ! »
« Qu'est-ce que vous me fichez là, sergent ? »
« Félicitations, jeune agrégé ! »
« A quoi penses-tu, mon ourson ? »
« Et il y a de l'espoir, monsieur l'avocat ? »
« Assez maintenant, démon ! »
« Il ne vous aura pas échappé, mon excellent collè-
[gue... »
« Vite une bise, mon gros commandeur chéri !
« Tu me grattes le dos, petit papa ? »
« Vous préférez un compromis à l'amiable, mon-
[sieur ? »
« Par ici, je vous prie, monsieur le Député ! »
« Maintenant je dois te quitter, mon beau ma-
[tou ! »
« Si vous me permettez, monsieur le Président... »
« Tu me l'offres, pépé ? »
« Comment va, mon vieux ? »
« Peut-être vous souvenez-vous, maître... »
« Et si j'appuie ici, Excellence, cela fait mal ? »
« La paix soit avec toi, mon frère en Jésus-
[Christ ! »
« Comme il est parti vite, le pauvre ! »

LE DÉTERSIF

Excusez-moi madame de venir à cette heure une minute seulement une petite minute hélas ! nous autres producteurs nous n'avons pas d'horaire toujours à monter et descendre les escaliers non je le répète madame une minute seulement une petite démonstration hommage madame il s'agit d'un nouveau type de détersif vraiment révolutionnaire je vous en supplie ne vous dérangez pas madame un détersif géant ah ! ah ! vous êtes émerveillée tout le monde l'est ah ah géant non par les dimensions certes madame c'est juste le contraire il suffit d'une pincée une pincée je vous dis voyons madame si vous avez du linge à laver ? si vous permettez nous pouvons faire l'expérience dans la cuisine ou dans la salle de bain voici madame regardez cette blancheur mais madame vous êtes un peu nerveuse vraiment oh laissez-moi faire madame si si si du calme ma poupée du calme laisse-toi faire non ne hurle pas nom de Dieu ne hurle pas là là maintenant tu ne cries plus gamine allons remue-toi debout je te dis qu'est-ce que tu as maintenant ? Seigneur qu'ai-je fait !

LES JEUNES

Gilardoni Lucio : « ... Oui, quatre-vingt-quinze, la classe de fer... nous autres jeunes... la vieille génération... nos problèmes à nous autres les jeunes... je vais téléphoner non ? autrement ma mère cette ennuyeuse... les sacro-saintes exigences des jeunes... Mariani ? il aura cinquante ans, ce vieux gaga... »

Benenzi Salvatore : « Oui, vingt-cinq, la classe de fer... nous autres jeunes... la vieille génération... nos problèmes à nous autres jeunes... je vais téléphoner non ? autrement la vieille... les sacro-saintes exigences des jeunes... Gilardoni ? il aura cinquante ans minimum ce pépé gaga... »

Scicoli Gustavo : « ... Oui, quarante-cinq ans, la classe de fer... Nous autres jeunes... La vieille génération... nos problèmes à nous autres les jeunes... je vais téléphoner non ? autrement l'ancêtre... les sacro-saintes exigences des jeunes... Benenzi ? un croulant, il aura cinquante ans les doigts dans le nez, complètement ramolli... »

Polti Silvano : « Oui, soixante-cinq, la classe de fer... »

UN COUP A LA PORTE

Toc toc qui est là ? Le père Noël avec les cadeaux ?

Toc toc qui est là ? Giorgio ? Mon Dieu, si mes parents s'en aperçoivent !

Toc toc qui est là ? Ce doit être lui je parie. L'envie de faire des farces ne lui passe pas avec les années, à mon Giorgio.

Toc toc qui est là ? Tonino, c'est à cette heure que tu rentres ? Oh, ces enfants !

Toc toc. Ce doit être le vent. Ou les esprits ? Ou les souvenirs ? Qui aurait l'idée de venir me voir ?

Toc toc toc.

Toc toc.

Toc.

L'IDÉAL

Regarde celui-là comme il file. Il est fou ? Il ne s'arrêtera plus ? Et personne ne lui court après. Et alors ? Tu veux parier qu'il court vers ce nuage rouge là-bas. Il n'y a pas d'autre explication. Quel imbécile.

Il ne vous semble pas infâme ce nuage rouge. Vraiment affreux. Pourtant. Il n'est pas si horrible, quand on le regarde attentivement. Plutôt vilain, oui, mais au fond... Après tout, il est assez convenable. Et même bien modelé. Des formes tout à fait honorables, même. Que dois-je vous dire ? à la longue il ne me déplaît pas. Observez-le, comme il navigue avec majesté, comme il flotte, comme il se tord lentement. Ne semble-t-il pas nous appeler ? N'est-il pas désirable ? N'est-il pas beau ? Dites-le, dites-le qu'il est très beau. Merveilleux. Un rêve !

Non, les copains, laissez-moi. Des bagages ? Allons donc. En route, en route, il est épouvantablement tard. Il s'est enfui. Mon Dieu, donne-moi la force. Comme tu es loin, nuage rouge, mon petit nuage chéri. Tramp tramp, galope galope. Tu es ma vie, petit nuage, tu seras ma vie. Quand te rejoindrai-je ?

LE CAUCHEMAR

Quai numéro cinq départ imminent grand express intercontinental Paris-Berlin-Düsseldorf-Varsovie brou brou brou (paroles incompréhensibles)... Mon Dieu nous y sommes... Tu n'as rien oublié mon chéri ?... Toutes ces valises ? Mais combien de temps penses-tu être absent ?... Qui sait si nous nous reverrons, quelque chose me dit que... Et je te recommande, à peine arrivé... Messieurs les voyageurs en partance sur l'*Orient-Express* en voiture s'il vous plaît messieurs les voyageurs en partance... Mon Dieu, nous y sommes... Tu n'as rien oublié, mon chéri ? Toutes ces valises ? Mais combien de mois penses-tu être absent ? Qui sait si nous nous reverrons, non non quelque chose me dit que... Et je te recommande dès ton arrivée... Dernier avertissement : Air France vol 268 pour Istambul-Karachi-Calcutta-Bangkok-Hong Kong-Tokyo départ immédiat, messieurs les voyageurs sont priés de se rendre à la porte numéro neuf merci... Mon Dieu, nous y sommes... Tu n'as rien oublié, mon chéri ?... Toutes ces valises ? Mais combien d'années penses-tu être absent ?... Qui sait si nous nous reverrons, non non quelque chose me dit que... Messieurs les voyageurs en voiture !... Mais qu'est-ce que tu fais, mon chéri ?... Pourquoi ? Comment ? Tu ne pars plus ? Alors ce n'était qu'un mauvais rêve ?

UNE JEUNE FILLE

Elle marchait, jeunette et seule, avec un claquement arrogant des talons. Jeunesse ! Elle ne se retourna même pas. Elle ouvrit la porte de la direction, je suis ici pour l'annonce, dit-elle, voici mes diplômes. La signature est ici, monsieur l'ingénieur. Non merci ce soir ce n'est vraiment pas possible, malheureusement demain soir non plus, merci vraiment, elle alluma une cigarette. Oui merci monsieur l'ingénieur, d'habitude je ne bois pas mais, non à dix heures absolument, au plus tard à dix heures et demie il faut que je sois rentrée. Quelle splendeur, c'est formidable, quel éclat, si tu savais comme je le désirais, tu es un vrai trésor. Allô allô, mais oui bien sûr je t'aurais téléphoné avant de partir. Elle eut à peine le temps, avant qu'il entrât, de cacher la lettre. Au coin de la via Babilonia, elle l'aperçut qui lui faisait de grands signes tout ému mais elle feignit de ne pas le voir et appuya sur l'accélérateur. Elle sonna la femme de chambre : Adeline, s'il te plaît, les valises, descends le carton à chapeaux, fais attention doucement il y la petite télévision dedans, et si cet emm...eur téléphone...

CHASSE AU TRÉSOR

(La scène représente une immense arène grouillante de monde. Sur la piste, déserte, sont irrégulièrement disséminées des centaines de trappes rondes fermées par des couvercles à poignées. Dans une de ces trappes se trouve le trésor. Fanfare de trompettes. Entrée du premier chercheur.)

Le public (qui sait où est le trésor, guide avec ses cris le chercheur qui erre désorienté) :... froid !... Tu gèles !... pôle nord ! Froid ! froid ! tiède !... Chaud !... froid !... tiède !... chaud !... tiède !... chaud !... très chaud !... brûlant !... Feu !... feu feu feu !... (avec un hurlement assourdissant) Tu brûles !

Le chercheur (il s'arrête, soulève le couvercle de la trappe devant lui. Il en sort une bouffée de fumée, puis un diable qui saisit le chercheur et l'entraîne en enfer).

Le public (exultant) : Hou ! Hou !

(Fanfares. Entrée du second chercheur...)

LA VENGEANCE

Il était à l'étranger, très loin, il reçut trois télégrammes. Il ouvrit le premier télégramme : on avait fait sauter sa maison. Il ouvrit le second télégramme : on avait tué sa femme. Il ouvrit le troisième télégramme : on avait massacré ses enfants. Il s'effondra. Lentement il se relevait. Sans le sou, il se mit en route à pied. Son pas se faisait plus rapide. D'heure en heure il pédalait plus vite. L'aiguille du compteur oscillait entre 180 et 190. Le roulement de l'armée blindée qu'il dirigeait remplissait les campagnes et les vallées. Dans cette limpide journée de soleil la campagne en fleurs fut obscurcie par l'ombre de l'immense escadrille d'hexamoteurs à réaction chargés de mort qu'il pilotait. Il vit en dessous l'ennemi. Il arrêta la bicyclette, mit pied à terre, essuya la sueur de son front. Un arbre donnait de l'ombre, un oiseau chantait. Il s'assit au bord de la route, il avait mal aux pieds. Il regarda devant lui les prés, les champs, les bois, les montagnes, les mystérieuses montagnes. Vengeance, quelle chose inutile.

UNE SOIRÉE DIFFICILE

MON vieil ami Gianni Soterini a étrangement insisté pour m'inviter à dîner dans son château de Bograte, qui se dresse, à une vingtaine de kilomètres de la ville, au cœur du bois de la Slenta, région collineuse et isolée, habitée par des snobs.

A mon arrivée, un peu avant huit heures, je comprends tout de suite, aux visages et au ton des voix, que quelque chose ne tourne pas rond.

C'est la belle Stefania, la femme de Gianni, qui m'accueille : « Excuse-moi, s'il te plaît, de me montrer dans cet état. Ce soir tante Gorgona a justement eu une de ses crises. »

Tante Gorgona, sœur du père de Gianni, est un personnage important, plutôt extravagant et lunatique.

Je demande : « Crise de quoi ? » en mettant volontairement les pieds dans le plat.

Stefania, comme si elle n'avait pas entendu : « Mais il a suffi d'un petit comprimé. Maintenant elle dort comme un loir. »

Au même instant, la voici qui apparaît au sommet de l'escalier, la tante Gorgona, parfaite, robe longue noire, le cou pris dans une guimpe comme on faisait il y a cinquante ans; et tous ses diamants.

Elle vient à ma rencontre en souriant : « Quel plaisir, mon cher. » Elle me prend le bras et m'entraîne vers la porte du jardin, insensible aux rappels (Ma tante, je t'en prie !)

« On vous aura dit que j'ai perdu la tête, n'est-ce pas ? me murmure-t-elle à peine nous sommes seuls.

Que j'ai eu une de mes crises, n'est-ce pas ? (et je ne suis pas capable de nier). Enfantillages. Bien sûr, la crise je l'ai eue. Mais c'était la peur... Vous vous en êtes aperçu, je suppose.

— Peur de quoi ?

— Paolomaria et Foffino... oui, oui, les chers enfants, les garçons... Un coup de téléphone a averti que cette nuit ils arriveront ici avec leur bande d'amis.

— Un coup de téléphone de qui ?

— Anonyme, bien entendu.

— Mais, même s'ils arrivent...

— On a ajouté, au téléphone, que les deux petits viennent supprimer papa maman... » et ici un rire gourmand.

Stefania appelait : « Allons, à table. Qu'est-ce que vous êtes en train de comploter ? »

A table il y a aussi le vieux père Emigera, confesseur de la famille depuis trois générations. Seulement lui et moi comme invités.

« J'imagine, commence Gianni, que tante Gorgona t'a déjà tout expliqué.

— Tout, je ne sais pas, mais...

— Et qu'en dis-tu ? intervient Stefania.

— Un coup de téléphone anonyme... » Je cherche à gagner du temps. « ... Peut-être s'agit-il d'une plaisanterie stupide. »

Gianni, sérieux : « Je ne crois pas. Ces derniers temps, avant d'entrer au collège, Paolomaria nous regardait d'un drôle d'air...

— Foffino aussi, s'il faut tout dire, fait Stefania.

— Mais, dites-moi, pourquoi ne commencez-vous pas par faire barricader les portes et les fenêtres ?

— Ce serait pire, dit Gianni. Ils s'irriteraient encore davantage.

— Mais au collège on les surveille, non ?

— Ne me fais pas rire. Paolomaria est un tel démon. Il s'évaderait des Plombs de Venise.

— Et ils viendraient, lui et Foffino, pour vous tuer ? »

Il fit oui avec la tête, comme pour dire : c'est inéluctable.

Et Stefania : « Aujourd'hui, les choses se passent ainsi. Aujourd'hui, on se débarrasse des parents. C'est la mode.

— On se débarrasse ? On se débarrasse de qui ? » C'était la voix ahurie du père Emigera, dans la lune comme d'habitude.

« Nous, nous deux, Gianni et moi ! éclate Stefania exaspérée. Les enfants arrivent pour nous supprimer, vous comprenez, mon père ? Gianni et moi, nous supprimer, nous supprimer...

— Du calme, Stefania, intervient la tante Gorgona. Pour l'amour du Ciel, pas de scènes... Après tout, soyons sincères, ces garçons n'ont pas tous les torts.

— Qu'est-ce que tu veux dire ?

— Bien sûr qu'ils n'ont pas tous les torts. Soyons honnêtes. Quel monde ont-ils devant eux ? Quel exemple leur avons-nous donné ? Qu'avons-nous fait pour leur garantir un avenir heureux ? S'ils protestent, s'ils contestent, s'ils se révoltent, quel droit avons-nous de les condamner ?

— Mais aujourd'hui, ils en arrivent à vouloir se débarrasser de nous, ose objecter Gianni.

— Se débarrasser, se débarrasser ! » La tante Gorgona est en verve. « Quel pessimiste ! Avant tout, il faut voir comment. Il n'est pas dit qu'ils soient si méchants. Il n'est pas dit qu'ils vont vous couper en petits morceaux. Il n'est pas dit qu'ils vous brûleront vifs en vous arrosant de pétrole. Paolomaria, je le connais peut-être mieux que vous. Paolomaria a un cœur d'or. Paolomaria est un garçon généreux. Je jurerais qu'il ne vous fera pas souffrir.

— Comment ?

— Je ne sais pas, un coup à la nuque... Ou bien zac, un couteau dans le muscle cardiaque... ah ! oui, c'est ça qui serait bien ! » Tante Gorgona se tordait de rire.

Gianni est pâle. Il a changé d'avis. Il appelle Ernesto, le valet. « Ecoute, Ernesto, nous nous arrangerons tout seuls. Toi, va vite fermer les portes et les fenêtres, s'il te plaît. A double tour.

— Fermer ? fait le père Emigera. Pourquoi fermer ? Il fait une chaleur ce soir, n'est-ce pas, Stefania, qu'il fait chaud ?

— Il fait chaud, oui mon père, précise la tante. Mais ici on ferme les issues parce qu'on craint l'arrivée des rejetons qui viennent supprimer leurs parents. »

Jusqu'alors je m'étais contenté d'écouter. « Si vous avez tellement peur, pourquoi restez-vous ici ? Fuyez, non ? Le monde est grand. Vos chers petits ne vous poursuivront pas jusqu'au pôle Nord ! »

Gianni : « Fuir ? Et où ? C'est ma maison, c'est notre vieille maison. Où fuir ? Non, non, je préfère affronter mon destin. »

« Destin ! » C'était encore la tante. « Quel grand mot... Ce sont vos enfants, après tout... Et je les comprends, les pauvres petits... Vous leur avez donné la vie, et ils viennent vous la prendre... l'addition est juste, non ? »

Stefania : « Que voulez-vous que je vous dise ? Pensez de moi ce que vous voulez, pensez que je suis démodée, mais je trouve la chose un peu exagérée.

— Tu as entendu ? fait Gianni, la voix changée.

— Quoi ?

— Ces pas sur le gravier... Tu as entendu ?

— Moi non », fait Stefania.

Le père Emigera regarde sa montre (on en était déjà au café). « Je suis désolé, mes amis, mais ce soir à la paroisse... une réunion pour le programme culturel... Je ne voudrais pas être impoli. »

Il se leva en chassant de sa soutane les miettes de pain avec sa main droite.

Je me suis levé moi aussi.

« Toi non, toi non, Buzzati, proteste Stefania d'une voix suppliante. Il est encore tôt. Tu ne nous feras pas ce tort. Encore une demi-heure, je t'en prie... Allons nous asseoir près du feu. »

Tante Gorgona : « Et laisse-le donc partir, Stefania. Ce n'est pas si attirant la perspective d'assister... excusez-moi, mais c'est plus fort que moi », elle ne parvenait pas à contenir les sursauts du rire, « d'assister à votre exécution... »

Il y eut un instant de silence. Et dans ce silence entrait la nuit, les frôlements mystérieux du jardin, de la campagne, des arbres, des branches, des feuilles, de la pelouse, les petites voix des bestioles, les pas ouatés des renards, des lapins de garenne, des elfes, la plainte des grillons, le glissement des escargots, des petites couleuvres, les impalpables jappements des courtilières et des araignées. Et au milieu de tant de nuit, en tendant l'oreille jusqu'au spasme, un lointain piétinement sur l'herbe et sur les tiges, léger léger, à peine à peine.

« Tu as entendu ? répète Gianni, pâle comme la mort.

— Non, Gianni, je n'ai rien entendu. »

Lâchement je me lève de nouveau.

« Il est tard, Gianni. Pardonne-moi, mais demain matin je dois partir à sept heures et demie pour Trieste. En tout cas il me semble clair que ce n'est qu'une plaisanterie de mauvais goût. »

Tante Gorgona fait presque un bond sur sa chaise.

« Evidemment ! Une plaisanterie ! Comment est-il possible que toi Gianni et toi Stefania vous ne l'ayez pas encore compris ? »

Et c'est encore elle, la tante Gorgona, qui veut m'accompagner jusqu'au seuil. (Epuisés, Gianni et Stefania sont restés à table.) Et elle me dit : « Ils seront ici bientôt, je le sens. Mais ils ne sont pas méchants, croyez-moi cher ami, ils résoudront tout avec la plus petite dépense d'énergie possible, et sans fracas ni douleur... Un travail de quelques secondes, vous verrez, j'ai dans l'idée que ce sera un petit coup à la nuque... »

J'ai déjà mis le moteur en marche. Je me penche à la fenêtre.

« Mais vous, tante Gorgona... Je ne voudrais pas que vous aussi vous soyez impliquée... »

Elle rit de bon cœur : « Moi ? Bien sûr que j'y passerai. Et sans doute la première... Mais comment voulez-vous que j'abandonne mon neveu ?... Et puis je le savais depuis des années, des années... Nous avons tous travaillé, non ? Nous avons tous fait un travail splendide et patient pour que cela se produise, pouvez-vous le nier ? (Je fis non de la tête...) Mais partez, partez vite, cher ami, pour éviter les dégâts... J'entends derrière les buissons un mouvement suspect. »

Elle se tourna vers le fond obscur de la nuit. Et elle demandait, d'une voix tendre : « Paolomaria... Foffino... Vous êtes là ? »

VERGETURES DU TEMPS

Le temps, on le sait, est irréversible. Et pourtant, de même que le cours fatal des fleuves permet çà et là des bouillonnements, des tourbillons, des contre-courants qui pourraient presque faire croire à des exceptions à la loi de la pesanteur, de même, sur la peau démesurée du temps se produisent parfois de petites crevasses, des verrues, des vergetures, qui pour de brefs instants nous laissent suspendus dans une dimension arcane, aux extrêmes confins de l'existence.

LE MARTYR

En novembre dernier, je me rendais en auto de Milan à Erba. C'était une soirée moins brumeuse que sombre et sinistre, et les voyageurs étaient rares. Après le rond-point de Monza, je pris la super-route pour Inverigo, et juste au sommet du premier long tournant, le cône lumineux de mes phares investit un jeune homme sur le bord de l'asphalte : grand, avec un long blouson de *hippie*, ses longs cheveux blonds rayonnant autour de sa tête comme électrisés, il agite les mains en l'air comme pour demander du secours, et une grande terreur est inscrite sur son visage très pâle.

Qui est-il ? Que veut-il ? Pourquoi est-il ainsi épouvanté ? A cette heure, en ce lieu désert, il y a de quoi avoir peur. Mais la curiosité est plus forte. Et puis, étant joaillier, je voyage toujours avec un garde du corps.

Comme il n'est pas possible de faire demi-tour, je descends avec mes deux gorilles armés jusqu'aux dents et, munis de torches électriques, nous marchons vers le point de la rencontre, à trois cents mètres en arrière.

Avec stupeur, en nous approchant, nous apercevons un petit groupe de personnes qui discutent à la lueur de deux phares allumés.

Sur le côté de la route, le jeune homme blond que nous avons croisé moins de deux minutes auparavant gît sur le dos, la bouche entrouverte, dans une mare de sang, mort. Autour de lui, les policiers, et une vingtaine de curieux surgis on ne sait comment de l'horrible nuit, font les constats d'usage. Et, debout immobiles, comme pour contrôler, quatre gardes dans des uniformes jamais vus.

La chose est tellement étrange que j'estime prudent de ne pas signaler la rencontre avenue il y a quelques minutes. Qui sait quels ennuis en sortiraient. Sans me faire remarquer, je m'éclipsę avec mes deux compagnons, je remonte en voiture et je reprends mon voyage vers Erba.

Ni moi ni mes aides, qui sont loin d'être bêtes, nous ne réussissons à comprendre ce qui s'est passé. On en parle pendant tout le trajet, aller et retour. Si bien que, quand en rentrant j'arrive de nouveau, sur la voie opposée, au fameux virage (tout est noir et apparemment désert), je m'arrête, je descends de voiture, je traverse la route et je vais regarder.

Là où quelques heures auparavant gisait le jeune homme assassiné, il y a une petite croix de marbre et, en dessous, une dalle : « Ici, immolant pour la liberté sa jeunesse généreuse, est tombé, lâchement massacré, Anselmo Tito Gambellotti, 16 novembre 1986. »

Je touche avec les mains. Croix et dalle. Elles sont dures et froides. Je n'ai pas bu. Et ce que je vois, mes deux acolytes le voient aussi, et comme moi ils sont ahuris.

Il me vient à l'esprit que dans la voiture j'ai un appareil photographique avec flash. Il peut servir à établir un document. Je reviens à bord, naturellement escorté de mes deux fidèles amis, je prends l'appareil et je reviens sur les lieux. Mais une voix intérieure me dit : pourquoi une photographie ? Tu le sais toi aussi que cela ne servira à rien.

En effet, à la lueur de nos torches, on ne réussit plus à trouver ni la croix ni la dalle. L'herbe courte et rare du bord, c'est tout. Pas un signe. Pas d'empreintes récentes. Je me demande : les choses vues cette nuit arriveront-elles vraiment ? Ou fut-ce un rêve ? L'Anselmo Tito Gambellotti qui dans seize ans devra immoler sa jeunesse pour la cause de la liberté (quelle liberté ?), quel âge a-t-il aujourd'hui ? Si je réussissais à le trouver, pourrais-je l'avertir ? Ou bien tout est-il déjà écrit ?

LA PLAQUE

Le 22 septembre dernier, au crépuscule, j'étais arrêté au troisième feu rouge de la *via Melchiorre Gioia*, à Milan, quand j'entends à ma gauche deux petits coups de klaxon, comme un appel. Je me tourne; à mon flanc, une voiture de luxe. Au volant, un monsieur sur la quarantaine. Il me fait signe et abaisse la vitre de droite. J'ouvre la mienne. Et lui, avec une espèce de lassitude, comme on se débarrasse d'une corvée infligée par la civilité : « Attention, vous avez perdu votre plaque, et vous avez une lanterne éteinte. »

Je suis agacé, mais cela ne m'étonne pas. Mon vieil engin, la nuit je le laisse dans la rue : rien de plus facile que quelqu'un, en se rangeant ou en partant, ait provoqué le double dégât.

Là au feu rouge, naturellement je ne peux pas m'arrêter pour contrôler. Je le fais deux cents mètres plus loin, à peine la circulation me le permet. Bien. La plaque est toujours là, et les deux lanternes sont allumées.

Alors c'était une plaisanterie. Mais le monsieur qui m'a averti n'avait absolument pas l'air d'un plaisantin. Et puis, dans quel but ? Evidemment, il avait mal vu.

Via Melchiorre Gioia, j'y passe presque tous les jours. Une semaine plus tard, je serai arrêté au même feu et je m'entendrai appeler par un klaxon, cette fois à droite.

Une camionnette. Le conducteur, un jeune homme en salopette, abaissera la vitre et me fera signe. J'ouvrirai moi aussi. Il me dira, avec un gentil sourire, comme s'il me plaignait : « Attention, monsieur, vous avez perdu votre plaque. Et il n'y a qu'une lanterne d'allumée. »

Je remercierai, les dents serrées, me demandant comment cette blague stupide est si à la mode dans les parages. Mais par scrupule je m'arrêterai après le croisement et je descendrai voir. Exact : la plaque a disparu, une des deux lanternes est en miettes.

LA GRAND-MÈRE

J'avais trente-quatre ans quand je fus invité pour un week-end au château de mon ami Sordino Eskenhazy, sur le lac d'Orta. C'était un grand château ancien, où l'été toute la nombreuse famille Eskenhazy se réunissait.

A peine arrivé, je fus accompagné par mon ami Sordino à ma chambre, pour que je puisse me rafraîchir, comme on dit. J'en sortis après une dizaine de minutes pour rejoindre en bas mes hôtes.

Dans le long couloir, peu éclairé parce qu'une épaisse végétation de plantes grimpantes masquait les fenêtres, venait à ma rencontre une jeune femme, qui tenait à la main un paquet rond noué d'un ruban d'azur. A cause de son tablier vert je pensai tout d'abord à une femme de chambre. Puis me vint le doute qu'il pût s'agir d'un costume local, comme souvent les dames en portent à la campagne.

Elle était brune et d'une beauté extraordinaire. Et je devais garder imprimée dans ma mémoire sa bouche sensuelle, avec la lèvre supérieure légèrement relevée, comme l'ont certains enfants à cause de la tension juvénile de la peau.

Quand elle me vit, elle ne s'arrêta pas, mais elle ralentissait son pas, me fixant, question de quelques secondes, avec un de ces regards pernicieux qui vous entrent dans les entrailles.

Timide comme je suis, je ne sus que murmurer un « Bonjour ». « Bonjour », fit-elle en souriant et elle passa à côté de moi en m'effleurant, toujours avec ce regard terrible.

Je descendis au jardin avec le merveilleux pressentiment que bientôt, d'une manière ou d'une autre, je connaîtrais l'adorable créature; et que peut-être ma vie en serait changée à jamais.

La famille était réunie au jardin. Je fus aussitôt présenté à la maîtresse de maison, la grand-mère de Sordino, une dame très chic malgré son âge avancé. Je fus frappé par sa bouche, abîmée par un réseau de rides, mais où se lisait encore son ancienne beauté; la lèvre supérieure était un peu tirée vers le haut, et découvrait le sourire.

« Mais nous nous sommes déjà rencontrés ! » furent ses premiers mots, accompagnés d'un élan de joie.

Moi, embarrassé : « Je ne me rappelle pas, madame...

— Moi si, je me rappelle, je m'en souviens comme si c'était hier. Et savez-vous ce que je dois vous dire ? Vous êtes un miracle. Un miracle ! Vous avez fait un pacte avec le diable, dites la vérité... Non, non, je plaisante. Vous avez raison de me regarder avec cet air. Pensez-vous, au moins cinquante ans sont passés... Ce ne pouvait pas être vous. Vous n'étiez pas encore né. Mais c'était quelqu'un comme vous, identique, je le jure... Voyons, peut-être était-ce votre père ? Ou même votre grand-père ?

— Je ne sais pas, madame. Mon père est mort

quand j'étais tout enfant... Et à cette époque nous habitions la Hollande... »

Elle, comme si elle n'avait pas entendu : « Et voulez-vous en savoir une bien bonne ? Pour moi, ce fut une sorte de coup de foudre, comme on disait alors... Qui sait, s'il n'était pas parti le lendemain... Dieu, qu'il était séduisant !... Naturellement, je ne lui ai rien fait comprendre. Bien sûr. A cette époque. Une seule chose : le soir, à son insu, sans lui dire un mot, je lui ai mis dans sa chambre un gâteau. A l'orange. Fait exprès pour lui. C'était ma spécialité... »

Le discours finit dans un éclat de rire général. Mais il m'en resta une sensation étrange d'insécurité, de péril, de décalage. Et je n'osai pas demander qui pouvait être la très belle jeune femme rencontrée dans le couloir (parce que je savais qu'elle n'existait plus). Et quand plus tard je remontai dans ma chambre, je n'osai pas non plus ouvrir le paquet noué d'un ruban d'azur qui se trouvait sur la commode (parce que je savais que c'était le gâteau à l'orange préparé cinquante ans auparavant).

LETTRE D'AMOUR

JE suis enfin revenu, ma chérie, et maintenant j'attends que tu me rejoignes. Dans ta dernière lettre, que j'ai reçue il y a un mois, tu disais que tu ne pouvais plus vivre sans moi. Je te crois, parce que j'éprouve le même sentiment. N'est-ce pas une sorte d'attirance fatale, et presque un châtiment ?

D'habitude, entre homme et femme, un seul des deux est amoureux. L'autre accepte, ou subit. Dans notre cas, ce qui est merveilleux, c'est que la passion est égale chez nous deux. Nous sommes fous l'un et l'autre. C'est très beau mais aussi effrayant. Nous sommes comme deux feuilles furieusement poussées l'une vers l'autre par des vents contraires. Que se passera-t-il quand elles se rencontreront ?

Cette lettre mettra quarante-huit heures à te rejoindre. Depuis plusieurs mois, je le sais, tu te tiens prête à partir, tes valises sont faites, tu as pris congé de tes amis. Pour arriver ici il te faudra deux jours. Mettons que tu partes samedi. Dans quatre jours, je commencerai à t'attendre dès l'aube.

Comment sera notre vie ? Pendant ces années de séparation, j'ai réfléchi sans cesse à notre future existence en commun. Mais je ne réussissais jamais à me représenter clairement les choses. Chaque fois, pour bouleverser le travail de l'imagination, le désir de toi faisait une irruption sauvage.

Aujourd'hui je profite d'un moment de calme et j'éprouve le besoin de prévoir pour toi certaines choses et de t'en avertir. Non que tu aies besoin d'être persuadée. Gare s'il restait encore en toi ou en moi une ombre de doute. Mais quand tu reliras ces pages pendant le voyage, comme tu feras, je pense, tu pourras mesurer et apprécier encore une fois l'opportunité de ton choix irrévocable et du mien.

Je voudrais avant tout, avant qu'il soit trop tard, examiner nos qualités et défauts respectifs, nos situations respectives, nos goûts, nos habitudes, nos désirs. Qui réalisent, t'en es-tu jamais rendu compte, une coïncidence exceptionnellement heureuse.

D'abord, la position sociale. Toi, professeur de français dans un collège, moi producteur de vin. Moi opérateur économique comme on dit, et toi intellectuelle. Il nous sera difficile, et c'est heureux, de nous entendre complètement, il restera toujours une barrière, un rideau de séparation que la bonne volonté réciproque ne pourra jamais annuler.

Pense, par exemple, au problème des amis. Mes amis sont des gens honnêtes et bons, mais simples. Je ne veux pas dire qu'ils sont vraiment ignorants, il y a entre autres un avocat connu, un ingénieur agronome, un major à la retraite. Mais aucun d'eux n'a de problèmes compliqués, en général ils aiment la bonne chère, et ne sont pas ennemis, je t'assure, des anecdotes un peu grasses. En leur compagnie, il me semble déjà te voir, tu feras de grands bâillements, que tu essaieras sans doute de dissimuler, puisque tu as reçu une éducation raffinée. Et tu auras bien du mal à t'habituer. Tu es une créature pleine de tempérament, la patience et la tolérance envers le prochain ne sont pas ton fort, c'est même une des raisons pour lesquelles tu m'as fait perdre la tête. Ecoute une chose, même si c'est sans rapport : si tu réussissais à partir par le premier train de samedi, de manière à arriver le dimanche soir, ne serait-ce pas magnifique ?

Ames sœurs, disais-tu. Et je te donne raison. L'affinité entre deux personnes ne signifie pas l'identité, ni une étroite ressemblance. Au contraire : l'expérience enseigne qu'elle signifie le contraire. Comme dans notre cas. Toi agrégée de français, moi pinardier, comme tu t'amusais à me définir, pour plaisanter, dans les premiers temps. Je te dirai que je n'ai plus l'intention de retourner en Argentine. J'en ai assez. J'ai liquidé les plantations que j'avais héritées de mon oncle à Mendoza, et je ne bougerai plus de mes terres, du moins je l'espère. C'est seulement ici que je puis être heureux. Je sais, par ailleurs, que le fait de vivre à la campagne, même si tu continues à enseigner en faisant la navette jusqu'à la ville voisine, risque fort de te rendre mélancolique. Et ici, je t'assure, c'est la campagne à cent pour cent. Dès le début tu rongeras ton frein, il n'y a pas de doute. Mais voici qu'il me vient à l'esprit ta bouche, quand tu la tiens entrouverte comme une petite fille, comme si tu attendais quelque chose. Tu me diras que je suis banal — tu auras souvent l'occasion de me le répéter — mais dans tes lèvres, si tendres, à peine écloses, s'est niché le démon, ou ce qui en tient lieu. C'est ta bouche, je te l'avoue, qui a commencé à me faire perdre la tête.

La maison. La mienne est grande et confortable — je viens de remettre à neuf les trois salles de bain — mais elle est très différente de la tienne. Les meubles sont encore ceux de mes grands-parents, de mes arrière-grands-parents, de mes trisaïeuls. Et je t'avoue que les changer me semblerait sacrilège comme une violation de sépulture. Toi, au contraire, tu aimes Gropios — c'est comme ça que ça s'écrit ? pardonne-moi si je me trompe, tu sais que j'ai seulement mon brevet — tu aimes les divans, les fauteuils, les lampes dessinées par les architectes célèbres. Objets brillants, fonctionnels, essentiels, orthopédiques (on peut dire cela ?). Au milieu de toutes ces vieilleries qui — je le comprends moi aussi — ne peuvent pas prétendre incarner le goût suprême, comment te sentiras-tu ? Il suffit de penser à l'odeur qu'exhalent ces pièces, d'humidité, de poussière saine, de campagne, de bicoque solitaire, odeur que j'aime tant, pardonne-moi. Toi, bien sûr, tu te sentiras toute moisie. Tu te sentiras étrangère. Tu te refermeras sur toi-même comme un hérisson. Viens, viens, mon cœur.

Et le caractère ? Moi débonnaire, expansif, gai, parfois trop, je m'en rends compte, mais c'est plus fort que moi. Toi élevée par les sœurs françaises de Saint-Étienne, toi de famille aristocratique mais économiquement déchue (tu diras que je suis un goujat de t'écrire ces choses aussi brutalement mais c'est mieux ainsi, crois-moi), tu es habituée à la société des gens cultivés, raffinés, qui font des discours élevés sur l'art, la littérature, la politique (et même les potins ont une sorte d'élégance spéciale). Moi campagnard, j'aurai lu Manzoni, Tolstoï et Sienkiewicz, mais je reconnais mon infériorité culturelle. Toi tu es pleine de scrupules, de réserves, tu es dédaigneuse, je ne veux pas dire hautaine (mais quelle peau merveilleuse tu as, à peine je la touche me vient le frisson, on te l'avait déjà dit ? que je suis naïf, qui sait combien d'hommes te l'ont dit), toi tu fronces ton délicieux petit nez à chaque mot impropre. De ma bouche, qui sait combien tu en entendras. Tout cela n'est-il pas extraordinaire ? Fais-moi une bise, mon trésor, mets-moi la muselière.

Autre chose. Tu es habituée à la grande ville. Tu m'as dit un jour que le grondement des autos, des camions, les sirènes des ambulances, le grincement des tramways étaient pour toi comme des drogues qui te rendaient plus facile le travail de la journée et le soir t'aidaient à t'endormir. En somme tu es un tempérament métropolitain chargé d'électricité, si on peut dire. Ici, au contraire, c'est le calme absolu; qui quelquefois porte sur les nerfs, même à moi (je te le garantis). Et la nuit alors ! Seulement la voix des arbres, quand il y a du vent, le claquement des gouttes sur le toit, quand il pleut, les hurlements lointains des chiens, à la pleine lune. Non, non, tu ne pourras jamais t'habituer. Et alors je prévois déjà les nerfs, les répliques, l'irritation, l'agacement. Y penses-tu, quelle merveille ? Le curé est prêt à nous marier dès lundi matin, il suffit que tu arrives à temps, il y a belle lurette que les bans ont été publiés.

En outre j'aime le football, que tu abhorres. Je suis un vieux partisan de la Juventus et le dimanche soir, si les choses vont mal, j'en perds l'appétit. Et tu peux imaginer qu'avec les amis on en parle longtemps, même durant la semaine. Toi, je suppose qu'il t'en viendra la nausée. Le soir tu me regarderas avec un certain air, comme on regarde un ver rampant. Le soir nous en arriverons à nous disputer, et je prévois que de ta chère petite bouche sortira quelque vilain mot. A propos, pour les noces, bien sûr, tu peux inviter qui tu veux, ils pourront dormir à l'hôtel des Thermes à côté, qui est très confortable. A mes dépens, évidemment. Mes parents, je te le dis tout de suite, seront au minimum une quarantaine. Viens, ma cocotte, laisse-moi te serrer contre moi, tu me plais à en mourir quand tu fais la tête.

Certes, dans la capitale les habitudes sont différentes. Quand tu ne vas pas au cinéma (à propos, as-tu vu *Waterloo* ? moi j'ai beaucoup aimé), tu te rencontres avec une amie, n'est-ce pas ? vous discutez les problèmes de l'école, les programmes, vous faites ce qu'on appelle un travail de groupe, vous vous sentez des cerveaux supérieurs, n'est-ce pas ainsi ? Le soir, je crois te l'avoir déjà dit, j'aime m'installer devant la télévision, une habitude épouvantable, n'est-ce pas ? Entendons-nous. Je suis disposé, de temps en temps, à t'accompagner quelquefois en ville, le soir, ma chérie. Mais tu dois savoir que la télévision est pire que ce que tu peux imaginer (toi qui as toujours refusé de la regarder parce que ta concierge la regarde).

Le soir, pourquoi te le dissimuler ? quelquefois toi aussi tu regarderas le match. Tu me maudiras, j'imagine. Tu te recroquevilleras sur le divan, dans un coin, sous un petit abat-jour, en lisant Teilhard du Chardin (le nom est-il exact ?). Allons, mon amour, prends l'avion, prends la fusée interplanétaire, le tapis volant. Viens vite, je n'en peux plus. Viens, ma chérie, nous serons malheureux, je te le jure.

PETITS MYSTÈRES

LA CASCADE

DANS le profond silence des monts, la voix des cascades grandes et petites, si on l'écoute longtemps et attentivement, peut se transformer en un discours articulé, le plus souvent incompréhensible, qui se répète et se répète à l'infini. Dans certains cas il s'agit de vrais messages chiffrés.

Je n'avais pas plus de vingt ans et j'étais en compagnie de deux amis alpinistes le jour où je fus contraint à un bivouac, d'ailleurs assez agréable, dans les dernières anfractuosités de la Valle dei Frati, sous le Duranno, en Cadore; vallée qui est le théâtre de nombreuses légendes d'esprits, de magiciens et de trésors cachés. Près de là coulait une petite cascade.

Etendu sur l'herbe, dans un demi-sommeil je m'aperçus que l'eau répétait des paroles précises, dans une langue inconnue, et il me fut facile de les transcrire. C'était comme un distique. En apparence cela ne signifiait rien :

SIAMA JIARI DE LE JIOTA
TSELIQUO SIAS JIOM ROSERT'L

Bien des années plus tard, je m'étais construit un petit chalet, et sur la cimaise de la cheminée je fis transcrire la phrase mystérieuse en lettres capitales (m'intriguaient surtout les mots « jiari » et « tseliquo »). Mais plus tard, en face de la cheminée on accrocha une glace, où un jour par hasard je vis la phrase à l'envers. Il me vint un soupçon. Je me mis à l'étudier. Je changeai la division des syllabes et les accents. Il en sortit, en dialecte, ceci :

L'TRÉSOR MOI J'SAIS OU Q'IL EST
A TOI JE LE DIRAI JAMAIS

Impertinente cascade.

LE POÈTE

Pour savoir si un écrivain, un peintre, un musicien est un authentique poète ou non, il suffit qu'il y ait un grand silence et que pendant ce temps le sujet s'endorme. L'expérience est négative si par hasard le poète présumé se met à ronfler : je veux parler du ronflement normal qu'on peut définir du premier degré. Parce qu'il existe un autre type de ronflement, dit du second degré, et qui n'est concédé qu'aux grands artistes. Pendant le sommeil, de tout leur corps, et pas seulement du nez et de la gorge, naissent des sons particuliers. Et la respiration au lieu de se bloquer et de trébucher maladroitement comme chez le commun des mortels, se détend et se libère en une sorte de musique aérienne, de chanson inspirée, souvent assez monotone, mais toujours délicieuse à entendre. C'est un son grêle, quasi imperceptible, et il y a des gens qui ne le perçoivent même pas. Ces musiques varient, c'est évident, de poète à poète, mais même s'il s'agit d'un compositeur de l'école dodécaphonique — on a connu quelques cas — elles obéissent aux règles de l'harmonie classique (j'en suis désolé pour lui).

BIS IN IDEM

Du côté du Parc des Expositions, à Milan, il y avait

des prés incultes où, pendant les années cinquante, je faisais courir mes deux chiens. De nombreux enfants y jouaient. Un jour l'image suivante me frappa, je ne sais pourquoi : sur un petit talus herbeux deux fillettes me tournaient le dos. Elles étaient toutes deux vêtues d'une chemisette blanche, la plus grande avait une jupe bleu ciel, la seconde une jupe verte; les cheveux de la première étaient bruns, longs et nattés, la seconde avait une tête de garçon d'un roux éclatant. Elles étaient immobiles. Tout à coup la plus grande leva le bras droit et lança, me sembla-t-il, quelque chose en l'air. C'était un ballon, plus petit que d'habitude, de couleur jaune; il monta verticalement et très vite disparut. Trois ans plus tard, sur le même talus herbeux, je vis deux fillettes vêtues de la même manière, avec des cheveux de la même couleur. Et la plus grande leva tout à coup le bras droit et lança, semblait-il, un objet en l'air. C'était un ballon jaunâtre qui monta verticalement et très vite on le perdit de vue.

QUID ?

Dans le silence de la maison déserte, tandis que je dessinais, un après-midi d'hiver, j'entendis derrière mon dos une voix placide et bienveillante qui appelait : « Dino », d'un ton très clair. Je me retournai, il n'y avait que Tobi, le barbet noir qui, couché sur le tapis, me regardait fixement.

AU VOLANT

Ceci au contraire est un phénomène assez fréquent. En plein jour, il suffit de s'arrêter le long d'une avenue très fréquentée et d'observer les automobilistes qui passent à grande vitesse. Presque toutes les voitures n'ont à bord qu'une seule personne. Et de toute façon, la présence humaine semble limitée à qui conduit; s'il y a d'autres passagers, on ne les distingue pas. Et les personnes au volant, hommes et femmes, regardent fixement devant eux, et certains ont un tic nerveux qui leur crispe les lèvres. Et voici qu'à l'improviste vous vous apercevez avec stupeur que pour conduire tant de voitures différentes, continue à passer la même personne, homme encore jeune, femme encore jeune, absolument anonyme et figée, avec la même expression atone et presque égarée. Deux trois secondes. Et puis de nouveau vous distinguez l'adolescent, le chauffeur de taxi, le chauffeur de maître, le commis voyageur et ainsi de suite. Pendant un bref espace de temps, nos semblables, plongés dans leur frénésie de mouvement, se transforment en automates rigoureusement interchangeables, qui n'appartiennent plus à ce monde. C'est une sensation assez horrible. Je l'ai éprouvée souvent.

PAS NOCTURNE

Le 16 avril 1953, à deux heures vingt du matin (je le sais parce qu'à cette époque je tenais un journal). Je rentrais seul, à pied, le long de la *via Canonica* à cette heure déserte. J'entends derrière mon dos un pas qui se rapproche, un pas d'homme pressé, croyais-je deviner. Un pas qui nous poursuit est toujours désagréable. A cette heure, par-dessus le marché ? Mais je ne voulais pas avoir l'air nerveux. Je ne me retournai que lorsque l'individu fut arrivé à quatre ou cinq mètres. Mais je ne vis pas âme qui vive. Et il n'y avait pas de rues transversales ou de recoins où l'individu aurait pu se dissimuler hâtivement. (Le bruit des pas, inutile de le dire, s'était interrompu d'un coup.)

LES DEUX FRÈRES

Dans la station balnéaire où enfant, je passais mes

vacances, on remarquait deux frères, probablement jumeaux tant ils se ressemblaient, qu'on ne rencontrait jamais l'un sans l'autre. Je me rappelle encore leur nom, qui s'étalait sur une plaque de cuivre à l'entrée de la maison en face de la nôtre : Maître Franco et maître Markus Carreon, notaires. Leur étude était au rez-de-chaussée mais, à cause de la pénombre qui y régnait, il était rare que de notre appartement pris en location je réussisse à entrevoir les deux hommes, vêtus de la même manière, avec des moustaches presque identiques, assis à deux bureaux jumeaux, l'un en face de l'autre. A sept heures du soir on les voyait sortir et s'éloigner accouplés, à pas lents mais décidés, sans jamais prononcer un mot, vers leur maison qui, à ce qu'on disait, était proche. Mais parfois ils se montraient sur la place pour la promenade du soir, et, d'un mouvement synchrone, ils répondaient aux fréquents saluts en soulevant leurs chapeaux de panama.

L'été suivant il y eut une surprise : à sept heures du soir comme d'habitude, les deux frères sortirent de la maison d'en face. Mais au lieu de s'éloigner énergiquement, ils s'arrêtèrent sur le seuil en un colloque animé qui semblait les absorber grandement parce qu'à chaque pas ils s'immobilisaient de nouveau. Ils gesticulaient tous les deux avec vivacité, se mettant parfois l'un en face de l'autre, comme s'ils n'avaient eu aucune hâte de rentrer, et l'argument de la conversation devait être d'un grand intérêt. Il se passa plusieurs minutes avant que les deux hommes, à petits pas et avec une série d'arrêts, disparussent au fond de la rue.

Mais le plus étrange fut que le soir suivant la scène se répéta telle quelle. Autrefois taciturnes, les deux frères étaient devenus des bavards intarissables. Et les arguments ne devaient pas être sérieux parce que de temps en temps ils éclataient de rire. De quoi discouraient-ils ? A cause de la distance je ne réussissais pas à saisir une seule syllabe; et on aurait dit qu'eux-mêmes baissaient le ton pour ne pas se faire entendre.

En famille, on parla de cet étrange changement, mais personne ne réussissait à imaginer une explication. Plus tard on apprit que pendant l'hiver le frère aîné, maître Franco, s'était absenté pendant deux mois et que la comédie de la conversation dans la rue et de la marche à petits pas avec des pauses continuelles avait commencé dès son retour.

Eh bien, un soir, sans le vouloir, je passai à côté des deux frères avant qu'ils s'aperçussent de ma présence. Ils discutaient passionnément comme d'habitude, avec des rires fréquents. Je tendis l'oreille. Mais je n'entendis aucun son. Ils ouvraient et fermaient la bouche, et faisaient les gestes appropriés; mais aucune voix n'en sortait. C'était une pure fiction. Et ce silence me serra le cœur parce qu'aussitôt je déchiffrai l'énigme : en réalité ils n'avaient rien à se dire, comme auparavant. Ils agissaient ainsi pour dissimuler l'infirmité du frère aîné qui, après une grave déficience cardiaque (les deux mois d'absence) ne pouvait plus désormais se déplacer qu'avec d'extrêmes précautions, à pas lents et brefs, coupés de longues pauses.

NAPOLÉON

Encore une histoire de chiens. A Florence, dans une rue du centre dont je ne sais pas le nom, une belle matinée de mai, tandis que je dépasse un magnifique boxer qui ressemble par l'aspect et la taille à un de mes boxers bien-aimés (Napoléon), mort deux ans auparavant, pris d'un vague doute je prononce à voix basse le nom : « Napoléon. » Aussitôt le chien tourne la tête et me regarde fixement, sans donner de la voix, sans hérisser le poil du dos comme font les boxers en colère; et parce que j'accélère le pas, il tire violemment sur sa laisse, tenue par une jeune femme, afin de me suivre. Alors je m'arrête et je demande si par hasard il s'appelle Napoléon : il s'appelle Terry. Et comme je m'éloigne, le chien de nouveau essaie de me suivre et cette fois se met à gémir piteusement.

QUI CREUSE ?

Peut-être en va-t-il de même dans toutes les grandes villes, mais en tout cas à Milan, pendant certaines nuits privilégées, quand une pure coïncidence de circonstances favorables fait que l'ensemble démesuré d'immeubles et de rues tombe dans une profonde léthargie, au point de faire soupçonner que tout le monde est mort sauf nous, alors, si vous vous agenouillez en collant la tête sur le sol comme on dit que faisaient les Peaux-Rouges pour guetter l'approche de l'ennemi, vous percevrez un bruit caractéristique d'excavation. Il n'est ni méthodique ni continu. Mais irrégulier, avec une alternance de fracas et d'interruptions, tantôt dense et rageur, tantôt las et comme découragé. Mais toujours précis, indiscutable.

Il y a donc des gens qui creusent sous nous. Il ne s'agit certainement pas des travaux du métropolitain. Et puis, à ces heures ! Entendons-nous : ce n'est pas une nouveauté. J'ai découvert la chose par hasard, il y a une vingtaine d'années, et j'ai essayé d'en parler à la ronde, mais je me suis toujours heurté à un mur d'indifférence et presque d'hostilité, comme si mes interlocuteurs avaient été impliqués dans l'affaire. Depuis au moins vingt ans on creuse sous nous, et le bruit de mois en mois se rapproche et se fait plus distinct. Mais jusqu'à présent personne, ni homme ni animal, n'a surgi de dessous terre.

Qui peut bien creuser ? Une horde de taupes géantes ? Une armée de gnomes venus du centre de la terre ? Il y a quelques années j'attribuais cette activité à la grande secte secrète des Morzes qui, c'est bien connu, se démènent pour conquérir la domination du monde. Selon quelques indiscrétions captées dans des milieux bien informés — malheureusement il m'est impossible d'être plus explicite — il semble au contraire qu'il ne s'agit pas des Morzes. Mais d'une menace encore plus terrible et ténébreuse. Quelque chose comme le fameux enfer. Et nous vivons dessus dans l'insouciance.

INTERFÉRENCE

Il y a très très longtemps j'avais perdu la tête pour une fille qui, je m'en rendis compte plus tard, s'amusait à me tourmenter; et dans ce but, au lieu de me fuir elle me provoquait avec une astuce incroyable pour ensuite me décevoir à plaisir. Une nuit, assailli de soupçons jaloux, je ne sus pas résister et je l'appelai au téléphone pour la millième fois. Et elle me répondit, et elle ne semblait même pas irritée, ce qui fut pour moi un merveilleux soulagement; elle était même de bonne humeur et me disait des choses gentilles. J'étais donc au septième ciel quand entre nous se glissa une voix lointaine (ce qui n'est pas rare à cause de contacts accidentels), mais la voix avait un ton étrange, comme d'extrême désespoir, elle semblait venir d'outre-tombe et elle répétait obstinément une seule phrase : « Et laisse-la tomber, oui, laisse-la tomber, oui, laisse-la tomber. » Je demandai à mon amie : « Tu n'entends rien ?

— Non, pourquoi ?

— Tu n'entends pas, en dessous, une voix ?

— Non, je n'entends rien.

— Mais tu n'es pas en train de me faire une farce ?

— Quelle farce ? Moi je n'entends rien. Est-ce que par hasard tu deviens fou ? » (Elle, si menteuse, à cet instant ne mentait pas.) Et la voix continuait, désolée : « Et laisse-la tomber, oui, laisse-la tomber, oui, laisse-la tomber... » Alors je dis : « Excuse-moi, il y a quelqu'un d'autre sur la ligne, raccroche, je te rappelle. » Je reposai l'appareil et refis le numéro. Elle ne répondit pas. Je rappelai. Rien. Elle ne répondit plus jamais.

LES FEUILLES

La dernière histoire est la plus poétique, et peut-être la plus inquiétante. En octobre 1938, dans le parc de Monza, vers le crépuscule d'une journée grise, arriva une longue rafale de vent, chose insolite dans la région lombarde. Des arbres se détachèrent des milliers et des milliers de feuilles, qui tourbillonnèrent à mi-hauteur, comme les innombrables bancs d'étourneaux au début du printemps. Et tout à coup, le nuage de feuilles, au cours de sa rotation, prit une forme précise et indubitable, devint un simulacre humain qui s'agitait dans l'air gris, et levait alternativement les bras au ciel en un geste d'invocation. Il était exclu qu'il pût s'agir d'une combinaison fortuite. C'était vraiment un fantôme, bien dessiné, qui montrait l'angoisse d'une grande douleur, ou d'une grande peur (la sienne, ou celle de nous tous ?). Ce souvenir me revint souvent, après que la guerre eut éclaté.

AU SOMMET DE LA VAGUE

Je suis le directeur et le chef de l'orchestre qui exécute la musique pour les célébrations au sommet de la vague.

Nous sommes trente-deux, installés sur une sorte de grand radeau qui oscille en équilibre instable sur la crête liquide, mais il n'y a pas de danger qu'il glisse d'un côté ou de l'autre, parce qu'il a été construit par Dieu.

D'habitude nous jouons alignés sur les quatre bords du radeau, tournés vers l'extérieur, afin que tout le monde puisse entendre. Au centre se dresse une construction de bois qui nous sert d'habitation. Sur le toit, une petite terrasse, d'où je dirige. Bien qu'ils me tournent le dos, les musiciens suivent mes gestes du coin de l'œil.

De ces orchestres, il en existe des milliers, peut-être des dizaines de milliers, parce que la vague s'étend à perte de vue dans toutes les contrées de la terre, même dans les pays les plus misérables : car là-bas aussi existent des hommes un peu moins pauvres, des femmes un peu moins laides, des chasseurs un peu moins malheureux, et c'est à eux que revient le sommet de la vague.

Qui n'est pas le lieu du bonheur, à supposer que le bonheur puisse exister, mais simplement le lieu du succès, du pouvoir, de la richesse et de la gloire.

Du haut de la vague nous dominons ses deux versants, celui de la montée qui est lisse mais abrupt surtout dans sa dernière partie, et celui de la descente qui est au contraire accidenté et imprévisible, parfois dévale en pente régulière, et parfois se précipite à pic jusqu'au fond, ou parfois se brise et éclate en tourbillons catastrophiques d'écume.

Moi aussi, dans mon jeune âge, quand j'étudiais au conservatoire, je rêvais d'arriver là-haut vainqueur, glorifié comme un nouveau Toscanini, et même davantage. Puis, la vie. J'étais déjà résigné à la médiocrité, et à quarante ans je me vis offrir ce poste. Aujourd'hui j'en ai soixante-trois. Et j'en ai vu, vous savez. Et la vague, va, va, elle ne s'est jamais arrêtée depuis le temps des premiers pharaons, elle ne s'arrêtera jamais, et son rythme est terrible, si du radeau nous regardons fixement les eaux qui fuient sous nous, nous sommes saisis par le vertige et la peur.

Avant d'accepter l'emploi, je croyais qu'il s'agissait d'un travail agréable et brillant, toujours en contact avec les célébrités et les grands de la terre.

C'est au contraire un travail pénible, parce que nous vivons, c'est vrai, dans l'empyrée de la gloire, mais seulement dans une position de laquais, et surtout parce que ce qui se passe sous nos yeux du matin au soir, tandis que nous entonnons nos marches triomphales, les hosannas, les esultate et les alleluias, nous serre le cœur et nous tourmente.

Nous voyons au loin, au début de la montée, les innombrables foules amorphes. A cause de la distance, elles nous apparaissent comme un fourmillement gris qui se perd au fond de l'horizon. Mais de la foule indifférenciée se détachent continuellement ceux qui ont de la volonté, des illusions, ou simplement de la chance, et ils commencent leur ascension.

Jeunes, intrépides, les yeux rayonnants, ils semblent galoper sur le fil des eaux qui s'avancent vers le haut, ils gagnent rapidement du terrain, déjà nous pouvons distinguer leurs visages, ils grimpent en tendant les mains, en criant, en chantant. Mais à l'improviste ils perdent leur élan, ils trébuchent, s'arrêtent, titubent, parce que la vague, on ne sait pas pourquoi, a cessé de les entraîner.

Ce n'est qu'une brève crise, bien entendu, une halte nécessaire pour reprendre haleine, après une telle montée, et bientôt il y aura le bond final. Mais les eaux continuent à courir avec une vitesse aveugle, sous leurs pieds, et ils n'ont plus de prise. Nous les voyons, juste en dessous, et ils nous fixent éperdus, et quelques-uns demandent du secours, qu'on leur jette une corde, ou bien ils nous lancent des bourses pleines de louis d'or, pour que nous entonnions une belle marche, comme si vraiment ils étaient arrivés au sommet, afin de le faire savoir aux parents et aux amis.

Mais les deux choses sont sévèrement interdites, et je ne veux pas perdre mon poste. Nous nous bouchons donc les oreilles à leurs appels désespérés, et nous rejetons en bas les bourses d'or.

Et voici, juste au moment où il semble qu'il ne manque plus qu'un souffle, les malheureux perdent pied, le courant qui jusqu'alors les entraînait vers le haut se transforme en une glissade visqueuse qui les aspire dans le gouffre de la défaite, pauvres gamins, ils n'ont plus d'appui, ils reculent, plus bas, plus bas, accélération, ils précipitent, ils se tordent, se déforment, le faucon est changé en taupe, la fée en mégère bossue, ils sont très loin, débris brisés, perdus à jamais, ravalés par la foule sordide.

Et pourtant, de temps en temps, une fatalité saisit un de ces hommes et le hisse par-dessus le dernier obstacle. Et nous le voyons surgir du bord de la vague, le visage tendu en un étrange sourire. Le voici, le voici, devant nous, au suprême sommet des désirs, génie, artiste, savant, banquier, homme d'Etat, grand capitaine, industriel, homme d'Eglise, acteur, diva, milliardaire, reine. Tac tac, le signal de ma baguette levée. La merveilleuse première sonnerie de trompettes.

La gloire ? la puissance ? les parades à Broadway ? L'amour des fameuses beautés ? Ils sont jeunes, ils ont toute la vie devant eux, quelle longue route sans fin au milieu des applaudissements, des fleurs, des lumières, des baisers, des grandeurs, et de nos belles fanfares. Ils regardent autour d'eux triomphants, ils se goûtent, ils s'adorent, ils se croient des dieux.

Un battement de paupières, un mouvement imperceptible, un tic. A peine arrivés au sommet. Une minute, moins d'une minute. Nous autres musiciens ne sommes pas encore arrivés au premier refrain. Le gouffre sous leurs pieds, l'abîme écumeux, la vitesse épouvantable du temps. Ils n'ont même pas le temps de se retourner, les enfants gâtés de la fortune, ni d'appeler au secours, d'essayer de résister. L'heureux sommet a la durée d'un soupir. Déjà ils descendent. Ils tombent. Disparus dans la fosse. Oubliés. Ils n'ont jamais existé. Le néant. Le silence.

Et alors, à cette minute solennelle, je lève de nouveau ma baguette. Le sommet de la vague est maintenant désert. Le soir descend. Nous sommes seuls. Courage. Pour une fois, attaquons pour nous-mêmes la fameuse *Ascension du ciel* de Widmar Johannsen, suprême glorification en *ré* majeur. Pour nous autres pauvres petits, qui un jour avons espéré, mais les forces nous ont manqué.

Des orages wagnériens assaillent l'échine livide de la vague, monstre cruel de la vie. Faisons semblant, amis. Cherchons à bien jouer, donnons-nous l'illusion de la victoire.

Trop tard. La nuit. L'obscurité exige le silence. Dans notre baraque. Le dîner à la lueur des chandelles. Personne ne parle. Les pensées. Mais du dehors, se répand en nous aussi le grondement perpétuel de la vague — la gloire, l'or, la domination, le luxe, la caducité, la poussière — tumulte d'applaudissements et de mort.

LES VIEUX CLANDESTINS

DEPUIS plus de quinze ans j'étais l'ami de Yamashita, le peintre japonais qui avait émigré tout jeune à Paris.

Homme extrêmement sensible, aux réactions presque féminines, élevé à l'européenne et catholique, Yamashita, surtout pendant les premiers temps de son expérience parisienne, ressemblait davantage à un *play-boy* gâté qu'à l'authentique artiste qu'il était pourtant. Certes ses dissipations coûteuses, que lui permettait la richesse de sa famille, le tenaient pour de longues périodes éloigné de la palette et des couleurs. C'est seulement plus tard, la quarantaine passée, qu'il travailla sérieusement. Voilà pourquoi on ne connaît pas plus de sept ou huit cents tableaux de Yamashita, et sûrement ils sont destinés à atteindre des prix fous.

C'était un homme cordial, expansif, spirituel, plein de fantaisie, d'une générosité et d'une loyauté à toute épreuve. Sur son pays lointain il racontait une quantité d'histoires extraordinaires et bizarres, mais il ne prétendait pas être toujours cru. La vraie raison pour laquelle dès notre première rencontre il m'avait séduit était la sensation vague, inexplicable mais aiguë, que cet homme recélait en lui un mystère.

Eh bien, lundi dernier — il y avait plus de deux mois que nous ne nous étions vus — Yamashita me téléphone qu'il a besoin de me voir. L'après-midi même, je vais le trouver dans son magnifique atelier.

Il vient au-devant de moi et me dit : « Je te demande pardon, mais je dois te communiquer une chose qui dans l'ensemble n'a rien d'agréable. Mais tu es mon meilleur ami, ici à Paris je n'ai pas de famille, je ne saurais vraiment pas à qui m'adresser. En peu de mots, voici de quoi il s'agit : je vais mourir.

— Tu vas mourir ? Qu'est-ce qui t'arrive ? Tu es malade ? Ou bien tu es devenu fou ?

— Ni malade ni fou, répond-il, et pourtant il ne me reste que quelques jours, peut-être quelques heures de vie. Un infarctus ? Un accident ? Un assassinat ? Je n'en sais rien. En tout cas, ma vie est à la fin.

— Mais il y a bien une raison pour laquelle tu t'es mis cette idée en tête, non ?

— Evidemment. Regarde-moi un peu avec ces lunettes. »

Yamashita ouvre un étui de carton et en sort une paire de lunettes à pince-nez, comme on en portait au début du siècle, avec une monture de métal blanc. Il me les tend, je les mets, et je reste pétrifié.

Là où un instant auparavant se tenait un homme dans le plein de sa santé et de ses forces, je découvre un misérable petit vieux tout tordu et rongé, en lequel il est presque impossible de reconnaître les traits de Yamashita. Et pourtant ce ne peut être que lui.

Horrifié. J'enlève les lunettes : mon ami est là en face de moi, rajeuni instantanément d'un demi-siècle, et il me regarde avec un sourire ironique.

Trois fois je porte les verres à mes yeux, et trois fois reparaît l'atroce ruine humaine, plus morte que vive.

« Tu peux me les rendre maintenant », dit Yamashita. Tu en as vu assez ? Et maintenant je t'explique. »

Il s'assied commodément sur le divan, allume une cigarette et me fait le récit suivant :

« Il y a exactement vingt ans, j'étais étudiant à Kyoto. Un jour, je me promenais seul dans un quartier très populaire, et je me suis arrêté, je ne saurais dire pourquoi — puisque, bien que japonais, je n'ai jamais été ni myope ni presbyte — devant un sordide magasin d'articles d'optique. Dans la vitrine, des appareils photographiques, des longues-vues, des loupes, des compas et surtout des lunettes.

« Marchandise de qualité plus que médiocre, à en juger aux prix très bas. Sinon que, au milieu de ce pauvre échantillonnage disposé en désordre et couvert de poussière, je remarquai une vieille paire de lunettes et sur l'étiquette était écrit un million de yens. Les lunettes que je t'ai fait essayer tout à l'heure.

« Etait-ce une plaisanterie ? Une erreur ? Ou bien y avait-il quelque chose là-dessous ? Poussé par la curiosité, j'entrai. Il y avait un petit homme insignifiant qui lisait le journal. Je lui ai demandé : « Comment « se fait-il que cette paire de lunettes dans la vitrine « coûte un million de yens ? » Et lui sans sourciller : « Je sais, elles sont très bon marché, mais voyez-vous, « monsieur, elles ne sont pas neuves, elles ont déjà « servi; évidemment, des lunettes pour voir les vieux, « on n'en trouve pas beaucoup. »

— Des lunettes pour voir les vieux ?

— Attends. Le plus beau arrive. Elles valaient bien plus d'un million de yens, ces lunettes. Mais il faut que je commence par t'expliquer.

« T'es-tu jamais demandé ce que signifie la vieillesse ? Vieillesse est la dernière saison de la vie, non ? celle qui précède la mort, l'antichambre du trépas, accompagnée d'une décadence physique plus ou moins marquée.

« La dernière saison de la vie. Donc l'âge, à strictement parler, n'a pas d'importance. Un soldat de vingt ans qui part pour l'assaut où il trouvera la mort n'est jeune qu'en apparence; en réalité il est déjà très vieux, décrépit, détruit. Tout aussi vieux et branlant est, à son vingt-huitième jour de vie, le nouveau-né qui n'en a que pour un mois. Tout le reste est apparence illusoire. Et il est incroyable que si peu de gens y pensent.

« Très vieux est l'automobiliste de trente ans qui dans une heure se fracassera contre un arbre, très vieux le quinquagénaire qui demain sera foudroyé par une apoplexie, très vieux le gamin qui dans une semaine sera écrasé par un camion. Et le quadrimoteur qui tombera dans l'océan décolle avec une cargaison de mathusalems croulants. Mais ce sont tous des vieux clandestins, invisibles, indéchiffrables, ignorants de leur sort... Des cryptovieux. Personne ne sait les reconnaître.

« Doucement : des gens capables de les voir il y en a, du moins l'opticien de Kyoto me l'a garanti. Quelque magicien par exemple, a-t-il dit, et aussi quelque rarissime clinicien doué d'une intuition exceptionnelle. Et puis, pour le commun des hommes, il y a les lunettes que tu as vues. Avec ces verres tu vois tout de suite la vérité, si quelqu'un va mourir tu le vois comme un vieux gaga.

— Mais qui les a fabriquées ? Ce sont des lunettes de sorcières ?

— Attends. Je n'ai pas fini. Tu sais comme j'ai toujours aimé les coups de tête. Un million de yens pour une paire de vieilles lunettes, c'était une somme folle. Mais je sentais un étrange appel. Comme quand le destin nous fait un signe. Alors j'ai dit à l'opticien : « Si vraiment ces verres fonctionnent comme vous di- « tes, je suis disposé à les acheter; mais comment « faire pour savoir s'ils fonctionnent ? Où trouver un « jeune qui doive mourir bientôt ? » Et lui paisible- « ment : « Vous avez de la chance, monsieur. Sortez « dans la rue, faites une trentaine de pas à droite, « vous trouverez un jardin, et assise dans le jardin « une très belle adolescente : la pauvrette est malade « de leucémie. »

« J'ai pris les lunettes, je suis sorti dans la rue, entre parenthèses je me demandais pourquoi le petit homme me faisait confiance, j'ai fait une trentaine de pas et j'ai trouvé le jardin. Sur une chaise longue il y avait une fille très belle, elle avait à peine dix-huit ans. Je chausse les lorgnons et l'enfant devient une épouvantable sorcière édentée qui n'avait plus que la peau et les os.

« Un beau choc, tu peux l'imaginer. Comme celui que je t'ai fait éprouver tout à l'heure. Mais aussi une occasion invraisemblable. Y penses-tu ? Pouvoir connaître d'avance le destin du prochain; et le tien propre. Choses qui n'arrivent que dans les fables. En somme, en mon for intérieur je décide de les acheter.

« Ce qui s'est passé ensuite, le diable seul peut l'expliquer. Je reviens vers la boutique : vingt pas, trente pas, quarante pas, je rebrousse chemin et je refais la route dans les deux sens. Rien. La boutique de l'opticien, je ne réussis plus à la trouver. La boutique n'y est plus. Comme si elle avait été engloutie sous terre. C'était absurde, non ? C'était incroyable, non ? Alors je demande aux commerçants voisins : « Dans cette « rue n'y a-t-il pas un magasin de lunettes ? » Et ils « font des figures étranges : « Un magasin de lunet- « tes ? Dans cette rue ? Première nouvelle ! »

— Et toi, alors ?

— Rien. J'ai gardé les lunettes. C'était la seule chose à faire. Du reste nous autres, Japonais, sommes assez habitués aux surprises de ce genre.

— Et ensuite ?

— Ensuite... Les premiers temps, je m'amusais à regarder les gens en mettant et en enlevant les lunettes; et parfois je faisais des découvertes; surtout sur les autoroutes : à l'œil nu, au volant des super-sports je voyais de formidables gaillards, avec les lunettes je voyais des momies ridées et tremblotantes. Mais c'était un petit jeu plutôt sinistre. Morale, j'en ai eu assez et les lunettes ont fini dans le coffre de la banque. De temps en temps seulement je descendais dans la chambre forte avec une glace, je sortais les lunettes et je me contrôlais, on ne sait jamais. D'abord chaque mois, puis tous les trois mois, deux fois par an, puis tous les ans, désormais j'avais pris confiance en moi-même. Mais ce matin, j'ai fait la belle découverte. Torpillé en plein. Inutile de chercher des remèdes et des échappatoires, inutile de se rebeller, inutile de rester enfermé à la maison. Tu admettras toi aussi qu'on ne peut pas s'en tirer dans les conditions où tu m'as vu tout à l'heure.

— Mais tu ne sens rien ? Tu es fatigué ? Déprimé ?

— Pas le moins du monde. Si je m'écoutais je ferais des cabrioles. Jamais je ne me suis mieux porté. Et pourtant je suis l'homme le plus vieux du monde. Et le moment est venu de te dire à jamais adieu, mon ami. Je prends congé. Je m'envole. Adieu. Et je ne te les donne pas maintenant parce que je suis sûr que tu ne les accepterais pas, mais sur mon testament je te léguerai ces maudites lunettes. Et pas d'embrassades, pas de larmes, pas de lamentations. Plutôt maintenant tu devrais me laisser parce que j'ai encore une ou deux petites choses à régler. »

Il m'a accompagné à la porte, il a appelé l'ascenseur, il a attendu que je fusse entré et que la cabine commençât à descendre.

Je n'étais pas encore arrivé en bas quand la détonation a retenti.

L'ÉLÉPHANTIASIS

On a presque envie de rire quand on pense que l'humanité a si longtemps tremblé de peur devant la destruction atomique; et cependant elle continuait à produire, en quantités toujours plus imposantes, et croyant qu'il s'agissait de choses inoffensives, ce qui aujourd'hui, l'an 1987, est en train de faire peser une menace monstrueuse sur son existence elle-même.

Qui écrit n'est ni physicien ni chimiste, et ne peut donc entrer dans les détails techniques du terrible phénomène — du reste en grande partie mystérieux pour les spécialistes eux-mêmes — qui est appelé communément éléphantiasis des choses ou cancer de la matière.

Au début du siècle commencèrent les recherches pour la réalisation des matières dites plastiques, qui devaient présenter des caractéristiques utiles à l'homme et qui ne se trouvaient pas dans les matériaux offerts par la nature et les techniques traditionnelles.

Un pas en avant historique dans cette voie fut l'invention des polymères, qui donnèrent lieu à un imposant développement industriel à partir de la seconde guerre mondiale (1939-1945).

Des chimistes géniaux rivalisèrent dans la création de nouvelles substances, relativement peu coûteuses, qui pouvaient remplacer le fer, le bois, le cuir, les étoffes, la céramique, le verre, et se démontraient à l'usage plus pratiques et plus avantageuses.

La caractéristique des polymères et des substances analogues était la complexité et la grandeur de leurs molécules. Chacune d'elles ne renfermait pas un petit nombre d'atomes, comme c'est le cas pour l'eau ou l'oxyde de carbone, mais des centaines, des milliers, des dizaines de milliers d'atomes. Nombreux seront ceux qui se souviennent, dans les vieilles expositions industrielles des années quarante et cinquante, de certains modèles pittoresques de molécules qui semblaient des jeux de construction pour enfants, avec des centaines de boules de couleurs variées, qui représentaient les atomes, reliées par des bâtonnets et formant des tours fantastiques et de labyrinthiques filigranes.

Ces molécules étaient à leur tour groupées en systèmes compliqués. Et il en naissait des substances dures comme le fer mais en même temps élastiques comme le caoutchouc, malléables comme l'argile et légères comme la plume.

La variété des combinaisons ingénieuses fut sans limites. Et une nouvelle ère de bonheur sembla s'ouvrir : l'ingénieur, l'architecte, le chirurgien, le fabricant de meubles, d'appareils et d'ustensiles en tous genres, les tailleurs, les bottiers, les parfumeurs pouvaient dire au chimiste : j'aimerais avoir une substance comme ci ou comme ça; et un peu plus tard le chimiste la lui procurait.

Peu à peu, avec les substances plastiques on fit la vaisselle, les accessoires domestiques et sportifs, les vêtements, les chaussures; et puis les carrosseries des automobiles, les pneumatiques, les carlingues des aéroplanes, les coques des navires; et puis encore les moteurs eux-mêmes, les ponts, les maisons, les ateliers, les gratte-ciel. Tout cela venait à coûter la moitié, le tiers, le dizième, le centième des prix précédents.

Des incidents sporadiques, çà et là dans le monde, se produisaient et créaient des doutes et des inquiétudes imprévus. Mais ils se perdaient dans l'immense panorama de la prospérité de l'ensemble.

Voici un minuscule exemple : dans la vitrine d'un magasin à New York, en 1947, fut exposé un élégant guéridon d'une seule pièce en matière plastique rouge cramoisi. Un matin, le personnel venu faire le ménage trouva, à la place du guéridon, une espèce de boule, un peu plus grosse qu'une boule de pétanque, de la même couleur que le guéridon. Que s'était-il passé ? Les savants donnèrent des explications alambiquées qui n'étaient pas tout à fait convaincantes. En peu de mots, pour des raisons inconnues à l'improviste s'était rompu l'équilibre des molécules artificiellement reliées entre elles en un jeu vertigineux de rapports. La matière du guéridon s'était donc recroquevillée en un éclair, et s'était réduite à ses plus petites dimensions.

Des préoccupations d'un genre différent se manifestèrent pendant les années soixante : que pouvait-on faire des outils, des ustensiles, des emballages, des innombrables objets de plastiques usés ou abîmés, ou bien périmés à cause de la venue de nouveaux produits meilleurs ? On ne pouvait pas les détruire, on ne pouvait pas les brûler, ni les transformer, comme on fait du papier, en un produit nouveau. On sait qu'il y eut des rencontres internationales à divers niveaux et qu'enfin à la conférence de Lima en 1975, fut élaborée une convention qui instituait dans les océans des zones où les détritus plastiques, dûment lestés, devaient être coulés à pic. Les pays non signataires, parmi lesquels l'Italie, préférèrent résoudre le problème en entassant les détritus pour former des collines ou même de petites montagnes artificielles. Des compétitions périodiques de ski se disputent périodiquement sur la pente septentrionale du « mont Faux », entre Ferrare et Malalbergo, qui a déjà atteint une hauteur de 350 mètres depuis la base et continue à grandir, et qu'on a recouvert d'une neige elle aussi plastique.

Mais personne (au congrès industriel de Toronto, il y a dix ans, il y eut une relation alarmiste d'un savant polonais qui fut traité comme un visionnaire), personne ou presque personne ne prévoyait l'apparition de cette dégénération structurale, ou, plus exactement, auto-polymérisation, ou plasticome, qui, depuis six mois, répand la terreur dans le monde.

Le cauchemar est d'autant plus fort que jusqu'à présent on n'a compris ni la cause ni la mécanique du phénomène. Parmi les diverses hypothèses il y a celle que la Terre, dans son voyage à travers le cosmos, est entrée dans une zone où agissent des influx encore inconnus, qui auraient déclenché le fléau. A peine notre planète sortira de la région funeste, la maladie, en quelque sorte, s'arrêterait. Et c'est l'unique espoir qui nous reste.

Il est difficile d'établir avec précision comment le drame commença. Presque au même moment, dans des localités très éloignées l'une de l'autre, se produisirent les premiers signes avertisseurs. Des nombreux prodromes, j'en citerai quatre, eurent un grand écho dans la presse, à la radio et à la télévision.

Le 12 février dernier, sur l'autoroute du Soleil, en plein jour, entre Sasso Marconi et Pian del Voglio, une auto de marque Byas, fameuse, remarquez-le bien, pour la robustesse à toute épreuve de sa carrosserie de plastique, se gonfla instantanément tandis qu'elle roulait à plus de 110 kilomètres à l'heure, et obstrua les trois voies, tamponnant un camion qui roulait dans la même direction. Quatre morts. Les gens accourus, au lieu d'une automobile, trouvèrent une énorme et horrible masse toute difforme, que quelqu'un compara à un mollusque mastodontique et qui, au milieu des flammes d'essence, se tordait lentement en se dilatant et en grossissant toujours davantage.

Le lendemain, dans un cinématographe de Georgeville (Louisiane) la pellicule — faite de vérène, un produit de production récente — boucha à l'improviste l'appareil de projection, assumant à vue d'œil l'épaisseur d'une poutre molle, envahissant entièrement la cabine où l'opérateur périt broyé, et ensuite débordant au-dehors, dans la salle et dans la rue.

La même semaine, le paquebot japonais *Hainichi Maru,* au large d'Hokkaido, multiplia en quelques instants ses propres dimensions, au point que ses flancs se dressèrent à une quarantaine de mètres au-dessus du niveau de l'eau. Et puisque le poids de l'ensemble ne changeait pas, la stabilité vint à manquer. Le bâtiment se retourna et des huit cents personnes qui se trouvaient à bord on sauva moins de la moitié.

Le pont de Barelena, en Tanzanie du Sud, le 27 février, s'arqua soudain et ses structures, toutes de plastique, explosèrent, pour ainsi dire, en turgescences informes qui, s'entassant les unes sur les autres, dans l'espace de quelques heures formèrent un amas noirâtre et barrèrent l'oued qui passait dessous.

Malgré la documentation photographique apparue sur les quotidiens et les écrans de télévision, les gens, pour la plupart, n'y crurent pas, ou pour le moins ne réalisèrent pas le caractère exceptionnel et le sens sinistre de ces accidents. On parla d' « explosions », d'« éboulements », d'« éruptions volcaniques ».

Aucun autre épisode alarmant ne se produisit dans les trois mois suivants. Après quoi l'infection reprit avec violence, se répandant, comme une épidémie foudroyante, dans tous les coins de la Terre.

Est-il nécessaire de relater ce qui s'est passé récemment en Amérique, en Asie, en Australie, en Afrique ? Ne suffit-il pas de ce qui s'est produit ici à Milan ?

Le 5 juin dernier, dans le quartier *Magenta-Sempione,* d'innombrables objets de matière plastique, particulièrement ceux en « luron », ont commencé à lever et à se dilater. Cette fois le processus fut lent. Le manche d'un couteau de table normal a mis une semaine pour arriver à un diamètre de dix centimètres.

Tout d'abord il n'y eut que stupeur et hilarité, puis malaise et inquiétude, aujourd'hui la terreur s'est déchaînée.

Les experts essaient de rassurer le public en expliquant qu'il s'agit d'une singulière réaction chimique où les atomes et les molécules, au lieu de se concentrer, comme dans le cas cité ci-dessus du guéridon, se séparent les uns des autres dans un processus en chaîne, de telle sorte qu'un objet de la dimension d'une savonnette peut devenir grand comme un tonneau, et davantage.

Imaginez qu'une poupée d'enfant croisse sans mesure, et atteigne la stature d'un éléphant. Et dans la même proportion gonflent les chaises, la télévision, le frigo, les châssis des fenêtres, la cabine de l'ascenseur. Les familles sont obligées d'évacuer les maisons envahies par ces choses terrifiantes. On dirait qu'une force démoniaque presse à l'intérieur et les gonfle sans trêve. Et il ne sert à rien de les briser, ne servent à rien les acides corrosifs, ni les lance-flammes, ni les explosifs. Les fragments à leur tour enflent en formes d'aspect répugnant, ils forment masse, poussent, écartent tous les obstacles. Les murs des maisons se fissurent et par les fentes jaillissent et coulent les lits, les divans, les ustensiles ménagers, les vêtements.

Seules les vieilles maisons au mobilier de bois sont encore habitables : quand leurs locataires, avertis à temps, ont pu se débarrasser de tous les objets fabriqués avec ces maudits polymères.

Excessivement pénible, on l'imagine, est la situation de toutes les personnes auxquelles des parties de viscères ou de squelette ont été remplacées par des facsimilés de plastique. A Milan seulement on en compte plus de cinquante mille. Sans préavis, ces organes artificiels grossissent énormément en quelques minutes ou secondes, et déchirent les malheureux de l'intérieur vers l'extérieur. On compte déjà plus de six mille victimes.

Mais le spectacle le plus hallucinant est offert par les édifices construits en matière plastique. Le grand auditorium municipal, à environ un kilomètre au sud de l'abbaye de Chiaravalle, est désormais devenu un monstre qui élève sa bosse tuméfiée au-dessus de l'horizon de la ville dévastée. Depuis deux jours, comme une immense bulle de chewing-gum, son sommet se dilate et penche dangereusement d'un côté, juste dans la direction de l'abbaye, qui d'ici demain sera peut-être entièrement enterrée.

De jour en jour, fatalement, les services publics viennent à manquer. Les premiers, les téléphones ont été mis hors de combat. Puis le courant électrique. Et maintenant les aqueducs sont étranglés par les abjectes excroissances. Des foules affolées errent alentour, ne sachant pas où se réfugier. Des campements démesurés de fugitifs envahissent les campagnes.

De jour en jour, d'heure en heure, les sirènes des pompiers, des autos et des héliambulances se font plus rares, et plus faibles les cris et les lamentations. Et la chose peut-être la plus terrifiante est le silence de tombe dans lequel la tumeur universelle prolifère et envahit, en l'anéantissant, l'heureux paradis de l'homme.

CLAIR DE LUNE

ENCORE une fois ce soir le clair de lune a illuminé le jardin et notre maison de campagne.

J'étais au salon avec les miens, sous la lumière électrique. On bavardait, on fumait. Mais je savais bien ce qui se passait dehors. Une des plus parfaites inventions de la nature et de l'homme (je dis de l'homme parce que la lumière lunaire sur les maisons, les monuments, les ruines, les routes, est beaucoup plus troublante que dans un milieu sauvage, sur les déserts, les montagnes, les savanes, les lits des fleuves).

Et cela ne coûtait pas un sou. Et pourtant je restais assis dans la maison, avec les miens à bavarder, à lire, à fumer. J'attendais. J'éprouvais une sorte de peur. Je renvoyais de minute en minute.

Puis, feignant une lassitude, pour éviter de donner une trop grande satisfaction à cette épouvantable entreprise qui se passait dehors, j'ai ouvert les gros battants de la porte de bois, qui avait déjà été fermée. Je suis sorti dans le jardin. Comme quelqu'un qui met le nez dehors pour voir quel temps il fait. Comme si je n'avais pas su. Et immédiatement, au premier regard, cette chose très forte, abstruse et extrêmement personnelle a pénétré dans mes entrailles.

Encore une fois — et le même phénomène se répète chaque été, depuis toujours — je me suis demandé : Pourquoi ? Pourquoi cette beauté sans remède, déchirante, transfiguration du monde, poésie à l'état pur ? Pourquoi ? D'où vient-elle ? Du silence ?

De l'immobilité sépulcrale des choses ? De la luminescence particulière qu'assument les objets, les édifices, les paysages ? Du frémissement imperceptible de la lumière lunaire sur la pelouse, sur les plantes, sur les murs, sur la campagne alentour ? De la paix sans limites ? De l'intensité exagérée des ombres vives et ténébreuses comme l'abîme dont nous ne verrons jamais le fond, où un jour nous nous précipiterons ? Ce n'est pas assez. Du sens du mystère alors ? Mais que signifie mystère ? N'en fait-on pas un abus continuel ? De la présence, peut-être, à la base des buissons, là où l'obscurité est plus noire (et en même temps dans les trous déserts des greniers), de la présence des anciens esprits, des elfes, des gnomes, des petites fées, des crapoussins, des négromantes et des prophètes ? Mais les esprits, malheureusement, n'existent pas. Ou de la présence invisible, tranquille, résignée, sans amertume ni griefs, de nos morts, de tous ceux qui avaient le même nom que moi et ont vécu dans cette maison, et l'ont aimée, et, plongés dans le néant pendant le jour, maintenant à l'appel de la lune amie, qui n'a jamais changé, émergent des pierres et de la terre, et s'étalent, couche légère de brume phosphorescente, sur la pelouse où eux aussi ont joué dans leur enfance ?

Je dois ajouter que l'enchantement, comme durant tant d'autres nuits du passé, provenait surtout de la façade de l'ancien grenier à blé, autrefois demeure d'un esprit bizarre, et maintenant déshabité, la porte centrale fermée, les quatre fenêtres aux volets clos, la corniche horizontale toute rongée, et les fresques, désormais pâlies, de goût romantique, qui cherchaient à le faire ressembler à un fragment de vieux château.

Comme durant tant d'autres nuits du passé, j'aurais aimé rester là à la contempler pendant des heures et des heures, et en même temps je sentais un étrange besoin de fuite, comme s'il y avait eu pour moi quelque chose de trop difficile, un risque, un obscur tourment.

Mais, tout à coup, la façade du grenier m'a précisément rappelé le visage de ma mère morte, les traits chéris tassés par les années, par la fatigue et la maladie. Entrée, oui, dans une tranquillité totale, et en même temps enfermée dans une concentration, un effort, un labeur surhumain. Elle avait l'air de vouloir nous communiquer, à nous, ses enfants debout à côté de son lit, une chose d'une importance suprême. Ce n'est pas que la mort l'eût surprise avant l'heure, pour l'empêcher de terminer son discours. La chose à nous dire, elle-même ne l'avait sue qu'ensuite, aussitôt après nous avoir quittés. C'était évidemment la chose la plus grande qu'elle avait jamais imaginée. Et nous aussi, ses fils, nous aurions dû la savoir, nous devions la savoir, c'était absolument nécessaire. Mais il était trop tard, il n'y avait plus une seconde de temps. Le rideau noir était tombé.

Voici : la même attitude, la même expression, la même concentration désespérée, ce soir, se lisent, dans l'inondation de la lune, sur la terre, les pelouses, la maison, les plantes, les montagnes là-bas, abîmées dans une opalescence d'argent et de rêve. Et surtout le grenier à blé. Et eux aussi sont très vieux et fatigués, eux aussi ont leur gigantesque secret.

Finalement, après une vie entière, serais-je arrivé à comprendre ?

Voici la maison où je suis né, voici les pelouses où j'ai appris à marcher, les plantes entre lesquelles enfant j'ai combattu mes premières batailles contre les Peaux-Rouges, voici les images, les moments, les lumières, les voix, d'où sont venus les premiers pressentiments, les premières exaltations spirituelles. De ces herbes, de ces buissons, de ces arbres, des fossés, des sentiers, des murs, des chambres, des couloirs, des escaliers, des livres, des meubles, des granges, des mansardes j'ai reçu la première poésie. Il y a entre nous un pacte que même la mort ne réussira pas à dénoncer. Cette petite pelouse, le grenier, les allées de charmes sont à la fois mon père et ma mère. Et aussi le profil de ces montagnes.

Ai-je enfin compris ? Au clair de lune, qui transforme les pauvres apparences du jour en un paradis où il serait beau de naufrager à jamais, les choses du premier âge, restées intactes tandis que nous nous précipitions au fond du puits de la vie, elles aussi cherchent à me parler.

Mais que veulent-elles dire ? Seulement remémorer les lointains jours heureux ? Révéler les énigmes de cette terre que je n'ai jamais réussi à comprendre ? M'expliquer la stupidité de notre vie et de nos peurs ? M'enseigner le remède — sans doute très simple — pour trouver la paix de l'esprit ?

Oui, sous la lune, maison, pelouse, plantes sont immobiles, silencieuses et tendues de tout leur être, elles nous regardent, elles me regardent, elles m'appellent. Elles sont sur le point de parler, elles n'y réussissent pas encore.

Elles n'y réussissent pas encore. Et elles ne peuvent faire davantage. Et moi non plus je ne peux rien faire pour franchir la frontière qui nous sépare.

Assez. Avec un léger frisson je rentre dans la maison, je ferme les battants, je retombe dans la banalité domestique de chaque soir, les mêmes meubles, les divans, les lampes, les livres, les tableaux, les interrupteurs, les poignées, la poussière, les mouches.

Oh non. Je me relève. Je sors de nouveau. Voici de nouveau la scène, la beauté, l'enchantement, la fête silencieuse sans danses ni musiques, faite de lune, d'intimité, de magie. Arrête-toi, suspends ton vol, doux astre lumineux. Demain je dois partir. C'est peut-être la dernière fois. Attends. Encore un peu. Je t'en prie.

Mais la nuit lentement précipite, la lune est désormais au zénith, fatiguée de monter elle s'est déjà blottie dans la nacelle qui la portera en bas, vers le crépuscule du matin, déjà une lueur semble grandir derrière les noirs profils de l'orient. Les phares d'un camion. Le grondement sauvage du camion. Une autre voiture. D'un coup la beauté s'efface, c'est fini. Le grenier ne me rappelle plus rien. Le jardin, les ombres, les plantes n'ont plus rien à me dire.

As-tu fermé la porte ? Es-tu sûr d'avoir éteint les lumières ? Bonne nuit. Bonne nuit. Pas qui s'éloignent le long du couloir.

L'ÉPOUSE AILÉE

UNE nuit, le comte Giorgio Venanzi, nobliau de province, âgé de trente-neuf ans, propriétaire terrien, était en train de caresser, dans l'obscurité, le dos de son épouse Lucina, qui avait presque vingt ans de moins que lui, quand il s'aperçut que sur l'omoplate gauche il y avait comme une croûte minuscule.

« Chérie, qu'est-ce que tu as là ? demanda Giorgio, en mettant le doigt sur le point.

— Je ne sais pas. Je ne sens rien.

— Pourtant il y a quelque chose. Comme un furoncle, mais ce n'est pas un furoncle. Une petite chose dure.

— Je te le répète : moi je ne sens rien.

— Excuse-moi, Lucina, mais allume la lumière, s'il te plaît, je veux regarder. »

La lumière allumée, la ravissante épouse s'assit sur le lit en tournant le dos à la lampe. Et le mari examina le point suspect.

On ne comprenait pas bien ce que c'était, mais il y avait une irrégularité de la peau, qui chez Lucina était extraordinairement douce et lisse sur toute sa surface.

« Sais-tu que c'est curieux ? fit le mari après un moment.

— Pourquoi ?

— Un instant, je vais chercher la loupe. »

Giorgio Venanzi était méticuleux et ordonné jusqu'à la nausée. Il alla dans son bureau, trouva ponctuellement l'instrument désiré, il en trouva même deux, un ordinaire d'au moins dix centimètres de diamètre, et l'autre petit mais plus puissant, de ceux qu'on appelle « compte-fils ». Muni des deux loupes, le mari reprit l'examen, auquel Lucina se plia avec patience.

Il se taisait. Puis il dit : « Non, ce n'est pas un furoncle.

Elle : Alors, qu'est-ce que c'est ?

Lui : Comme un duvet.

Elle : Un grain de beauté ?

— Non, il n'y a pas de poil, seulement de très fins duvets.

— Ecoute, Giorgio, je tombe de sommeil. Nous en parlerons demain matin. Sûrement ce n'est pas mortel.

— Ce n'est pas mortel, certes. Mais c'est étrange. »

Ils éteignirent la lumière.

Mais le matin, à peine éveillé, Giorgio Venanzi inspecta de nouveau le dos de Lucina et découvrit non seulement que l'irrégularité cutanée à l'omoplate gauche, au lieu de diminuer ou de disparaître, s'était dilatée, mais aussi que pendant le sommeil une autre identique et exactement symétrique était apparue au sommet de l'omoplate droite. Il en eut une impression désagréable.

« Lucina, dit-il d'une voix presque gémissante, sais-tu que c'est arrivé aussi de l'autre côté ?

— Qu'est-ce qui est arrivé ?

— Ces duvets. Mais sous le duvet, il y a une chose dure. »

Il reprit l'examen avec le compte-fils, et vérifia la présence de deux minuscules zones de plumes souples et blanches, de la grandeur d'un bouton de sonnette. Il se sentit découragé. Il se trouvait confronté à un phénomène de proportions minimes, mais insolite et complètement en dehors du champ de son expérience. Non seulement, l'imagination n'était pas le point fort de Giorgio Venanzi, ingénieur agronome, mais il s'était toujours tenu éloigné, par indifférence ou paresse, de toute curiosité pour la littérature et l'art. Cette fois, sans qu'il sût pourquoi, sa fantaisie se déchaîna : en somme le mari conçut le soupçon que ces deux minuscules plumets, sur les omoplates de sa femme, fussent une espèce de microscopique embryon d'ailes.

La chose était encore plus monstrueuse que bizarre : elle sentait la sorcellerie plus que le miracle.

« Ecoute, Lucina, dit Giorgio en posant les loupes, et après avoir poussé un long soupir. Tu dois me jurer de dire la vérité, toute la vérité. »

Sa femme se retourna et le regarda avec étonnement. Elle n'avait pas épousé Venanzi par amour mais, comme il arrive encore aujourd'hui en province, par obéissance à ses parents, nobles eux aussi, qui dans ce mariage voyaient une consolidation du prestige familial; et elle s'était habituée passivement à ce bel homme, vigoureux, amoureux, bien élevé, mais de mentalité étroite et surannée, pauvre de culture et de goûts, ennuyeux dans la vie domestique et, depuis son mariage, affligé d'une jalousie pénible.

« Dis-moi, Lucina. Qui as-tu vu ces derniers temps ?

— Qui j'ai vu ? Toujours les mêmes. La tante Enrica, je suis allée lui rendre visite l'autre jour. Hier je suis allée faire des achats sur la place. Je ne me rappelle rien d'autre.

— Voyons... Ne serais-tu pas par hasard allée à quelque foire ? Tu sais, où il y a des gitans... »

Elle se demanda si tout d'un coup son mari, d'habitude si plein de bon sens, n'était pas en train de perdre l'esprit.

« Peut-on savoir ce que tu as en tête ? Les gitans ? Pourquoi aurais-je dû voir des gitans ? »

Giorgio prit un ton grave et résigné : « Parce que... parce que... il me vient presque le soupçon que quelqu'un t'a joué un vilain tour.

— Un tour ?

— Un mauvais sort.

— A cause de ces deux bêtises sur mon dos ?

— Tu les appelles des bêtises !

— Et que veux-tu qu'elles soient ? Le docteur Farasi nous le dira.

— Non, non, non, pour l'amour du Ciel, pas de docteur. Le médecin, pour le moment, moi je ne l'appelle pas.

— C'est toi qui es inquiet, mon cher. Pour moi, cela m'est bien égal. Mais arrête de me toucher là, je t'en prie, tu me chatouilles. »

Giorgio continuait à ruminer silencieusement le problème qui le tourmentait et, tenant Lucina étroitement embrassée, il ne cessait de palper des deux mains les deux petites excroissances, comme un malade fait de l'énigmatique enflure qui pourrait cacher la peste.

Enfin il se domina, se leva, sortit, se rendit sur ses terres, à une vingtaine de kilomètres, et de là téléphona à Lucina qu'il ne rentrerait que le soir. Il s'éloignait de propos délibéré, pour fuir la tentation de contrôler continuellement le dos bien-aimé. Mais il ne put s'empêcher de demander : « Rien de nouveau, ma chérie ?

— Non, rien de nouveau, pourquoi ?

— Je voulais dire... tu sais... ton dos...

— Ah ! je ne sais pas, répondit-elle, je ne me suis plus regardée...

— Bon, en tout cas ne t'en occupe plus. Et n'appelle pas le docteur Farasi, ce serait tout à fait inutile.

— Cela ne m'était même pas venu à l'esprit. »

Pendant toute la journée il fut sur des charbons ardents. Bien que sa raison lui répétât que l'idée était insensée, contraire à toutes les lois de la nature, digne d'un sauvage superstitieux, une voix contraire, surgie Dieu sait d'où, insistait en lui, d'un ton moqueur : il s'agit bien d'un furoncle, à ta belle petite femme sont en train de pousser deux petites ailes ! La comtesse Venanzi comme la Victoire du monument aux morts de la place, oh, ce sera un beau spectacle !

Ce n'est pas que Giorgio Venanzi fût lui-même un modèle de vertu et de bonnes mœurs. Même depuis son mariage, il n'hésitait pas à poursuivre les jeunes paysannes de ses domaines, qu'il considérait même, étant chasseur, comme le gibier le plus recherché. Mais gare à toucher à l'honneur, à la dignité, au prestige de sa maison ! C'était aussi pour cette raison que sa jalousie était une obsession, parce que sa femme passait pour la plus séduisante de la ville, bien qu'elle fût menue et gracile. En somme, rien ne le terrifiait plus que le scandale. Or, que se passerait-il si à Lucina poussaient vraiment deux ailes, même rudimentaires comme des « envies » sans précédents, qui feraient d'elle un phénomène de baraque de foire ? C'est pourquoi il n'avait pas voulu appeler le médecin. Il était possible que les deux touffes de plumes se résorbassent comme elles étaient sorties. Mais il se pouvait aussi qu'il n'en fût rien. Qu'est-ce qui l'attend à la maison, quand il rentrera ce soir ?

Plein d'anxiété, dès son retour il se retira avec Lucina dans leur chambre, lui découvrit le dos, et se sentit défaillir.

Avec une vitesse de croissance qu'il n'avait observée que sur de rares espèces du règne végétal, les deux irrégularités avaient pris l'apparence de vraies protubérances emplumées. En outre il n'était plus nécessaire d'avoir une imagination surexcitée pour y reconnaître la forme typique des ailes, exactement semblables à celles que les anges des églises ont sur leurs épaules.

« Je ne te comprends pas, Lucina, fit le mari d'une voix sépulcrale. Toi aussi tu te vois, là, dans le miroir. Et tu souris niaisement. Mais c'est une chose épouvantable, le comprends-tu ?

— Pourquoi épouvantable ? »

Effrayé par la perspective d'un scandale, Giorgio résolut d'en parler à sa mère, qui habitait une autre aile du palais.

La vieille dame fut épouvantée en voyant apparaître son fils unique dans un tel état d'appréhension; et elle écouta sans souffler mot son récit haletant. Enfin elle dit :

« Tu as bien fait de ne pas appeler le docteur Farasi. Mais j'espère que tu n'as pas oublié que j'ai toujours été contraire à ton mariage avec elle.

— Que veux-tu dire ?

— Je veux dire que dans le sang de ces Ruppertini, même s'ils sont vraiment nobles, il y a quelque chose qui ne va pas. Et que j'ai eu du flair. Mais dis-moi, ces ailes, quelle longueur ont-elles ?

— Mettons vingt centimètres, ou un peu moins. Mais qui dit qu'elles ne grandiront pas ?

— Et sous les vêtements, on les remarque ?

— Pas jusqu'à présent. Tu sais, Lucina les tient bien repliées et collées au corps, elle aussi tient à cacher la chose. Evidemment, si elle devait mettre une robe du soir... Mais toi, maman, dis-moi plutôt : que devons-nous faire ? »

Comme toujours, la vieille dame eut la réplique prompte : « Il faut en parler tout de suite à don Francesco.

— Pourquoi à don Francesco ?

— Belle question ! Ces ailes, à ta femme, qui peut bien les lui avoir données ? Il n'y a que deux réponses, pas trois. Ou Dieu ou le diable. Et ni toi ni moi ne pouvons en décider. »

Don Francesco était une sorte de chapelain de famille, un homme à l'ancienne, mais qui ne manquait pas d'une espèce d'humour philosophique. Quand il sut que la comtesse douairière désirait lui parler, il courut au palais, écouta attentivement le compte rendu de Giorgio, puis demeura longtemps pensif, la tête inclinée, comme en prières, il avait l'air d'attendre une inspiration d'en haut.

« Excusez-moi, chers amis, dit-il enfin, mais tout cela semble peu croyable.

— Vous vous demandez, don Francesco, si je n'ai pas des visions ? Plût au Ciel. Mais Lucina est à côté. Je l'appelle, et il vous sera facile de constater.

— La pauvre enfant sera bouleversée ?

— Pas le moins du monde. Et c'est le plus étrange, don Francesco, Lucina est gaie comme d'habitude. On dirait même qu'elle s'amuse. »

On appela Lucina, qui portait une sorte de robe de chambre à fleurs. Elle l'ôta avec la plus grande désinvolture, et apparut vêtue d'un simple habit de coton avec deux fermetures Eclair verticales derrière qui correspondaient aux points de sortie des ailes. Désormais ces appendices avaient atteint des proportions imposantes : même repliées comme elles étaient, de haut en bas elles mesuraient au moins quatre-vingts centimètres.

Don Francesco, on pouvait le lire sur son visage, était stupéfait. Et il se taisait.

« Lucina, dit aimablement sa belle-mère, peut-être vaut-il mieux que tu retournes là-bas. »

Quand la gracieuse créature fut sortie, don Francesco demanda :

« Y a-t-il quelqu'un qui soit au courant, outre vous deux ?

— Non, heureusement, répondit la comtesse. Avec les précautions prises par mon fils, aucun des domestiques n'a rien soupçonné. Cette petite robe, et le peignoir, elle les a faits elle-même. Ah ! Lucina est si adroite. Mais on ne peut pas continuer comme cela. On ne peut pas prétendre la tenir enfermée comme si elle avait le choléra. C'est pour cela que nous voulons votre conseil, don Francesco. »

Le vieux prêtre s'éclaircit la voix. « Je reconnais, dit-il, que le cas est extrêmement embarrassant. Un jugement de ma part, vous le comprenez, comporte une responsabilité peut-être supérieure à mes forces. Mais avant tout, dirai-je, il semble opportun d'établir, même d'une manière approximative, l'origine du phénomène. Et j'ai confiance en Dieu pour nous éclairer.

— Comment ? demanda Giorgio.

— Votre mère, mon cher enfant, y a fait allusion tout à l'heure, donnant preuve, comme toujours, de son grand bon sens. En somme, si vous voulez mon opinion de théologien, je vous répondrai : si ces ailes, trêve d'euphémisme, ont une provenance diabolique, c'est-à-dire si elles ont été créées par le malin dans le but de troubler les consciences avec la mystification d'un miracle apparent, alors, sans aucun doute, selon moi, elles ne pourraient être qu'un simulacre illusoire. Mais si au contraire, comme nous ne pouvons pas l'exclure, ces ailes étaient un signe de Dieu, la démonstration de l'exceptionnelle bienveillance du Seigneur envers la comtesse Lucina, alors il n'y a pas de doute qu'elles devraient être de vraies ailes, capables de voler...

— Mais c'est une folie, une chose terrible ! » gémit le comte Giorgio, terrifié à la pensée de ce qui se produirait si la seconde hypothèse se vérifiait : comment continuer à cacher cette sorte de honteuse difformité si Lucina se mettait à voleter sur la place ? Et combien d'ennuis en dériveraient ? La publicité, la curiosité des foules, l'enquête des autorités ecclésiastiques, en somme sa vie, à lui Giorgio Venanzi, complètement bouleversée et détruite.

« Et dans ce cas, demande le mari, dans ce cas, selon vous, don Francesco, on devrait parler de miracle ? En un mot, Lucina serait devenue un ange, une sainte ? Et moi, son mari légitime...

— Laissons faire le temps, mon fils, n'anticipons pas les desseins de la Providence. Laissons passer quelques jours. Attendons que ces bénites ailes se soient complètement développées, qu'elles aient fini de grandir. Ensuite nous ferons un essai.

— Dieu, un essai ! Et où ? Ici dans le jardin, où tout le monde peut voir ?

— Non, pas dans le jardin. Il vaut mieux aller à la campagne, la nuit et sans témoins... »

Ils sortirent de la grille du palais à neuf heures du soir, Giorgio, sa femme, sa mère et don Francesco, dans la grosse voiture anglaise.

Il n'avait pas fallu plus de dix jours pour que les ailes de Lucina atteignissent leurs dimensions adultes. De l'articulation médiane aux pointes, qui touchaient presque terre, il y avait, pour être précis, cent vingt-deux centimètres. La couche de rémiges et de plumes, qui n'était plus blanche mais d'un tendre rose chair, était désormais compacte et solide. (La nuit, dans le lit conjugal, ce n'était pas une petite affaire; heureusement Lucina avait l'habitude de dormir sur le ventre, et il lui prenait des fous rires devant l'embarras et l'irritation de son mari). L'envergure des ailes, mesurée comme on fait pour les aigles, dépassait trois mètres. Tout permettait de penser que les deux gigantesques éventails étaient capables de soulever sans effort un corps frêle comme celui de Lucina qui ne pesait pas cinquante kilos.

Après la banlieue, ils s'engagèrent dans une zone de campagne à cette heure déserte, cherchant une étendue de pré bien solitaire. Giorgio n'était jamais convaincu. Il suffisait d'une fenêtre de ferme éclairée et clignotant au loin pour lui faire continuer son chemin.

C'était une belle nuit de lune. Enfin ils s'arrêtèrent sur une petite route champêtre qui conduisait à une réserve de chasse. Ils descendirent. A pied ils avancèrent dans le bois, que Giorgio connaissait sur le bout du doigt, jusqu'à une clairière entourée de très grands arbres. Il y avait un silence immense.

« Allons, courage, dit la belle-mère à Lucina, enlève ta cape. Et ne perdons pas de temps. En collant tu auras froid, j'imagine. »

Mais, bien qu'elle n'eût sur elle qu'un collant, Lucina n'avait pas froid du tout. Au contraire, elle était parcourue d'étranges ondes de chaleur qui la faisaient frissonner.

Elle dit en riant : « Réussirai-je ? » Puis, à pas légers, imitant comiquement ceux des danseurs classiques, elle se plaça au centre de la clairière et commença à agiter les ailes.

Flott, flott, faisait la légère compression de l'air. A l'improviste, sans qu'ils eussent pu percevoir, dans la tremblante lumière de la lune, le moment précis du décollage, les trois témoins la virent désormais soulevée à une altitude de sept ou huit mètres. Et elle ne faisait aucun effort pour se soutenir, il lui suffisait de ramer lentement, et elle accompagnait le rythme en battant des mains.

Le mari se couvrait les yeux, horrifié. Et elle, là-haut, riait, elle n'avait jamais été aussi heureuse ni aussi belle.

« Raisonnons avec calme, mon enfant, disait don Francesco au comte Giorgio. A ta toute jeune épouse, créature admirable sous tous les points de vue, tu en conviendras, sont poussées deux ailes. Toi, ta mère et moi nous avons constaté qu'avec ces ailes Lucina est capable de voler, signe qu'il ne s'agit pas d'une intervention démoniaque. Sur ce thème, je te l'assure, tous les Pères de l'Eglise, et je les ai relus exprès, sont d'accord. C'est donc une investiture divine, si nous ne voulons pas parler de miracle. Et je ne dis même pas que, du point de vue strictement théologique, Lucina doive être aujourd'hui considérée comme un ange.

— D'abord, si je ne me trompe, les anges n'ont jamais eu de sexe.

— J'en conviens, mon fils. Et pourtant je suis persuadé que les ailes ne seraient jamais venues à ton épouse si le Tout-Puissant ne l'avait désignée pour une importante mission.

— Quelle mission ?

— Imperscrutables sont les décisions de l'Eternel. En tout cas, je ne crois pas que tu aies le droit de tenir enfermée cette pauvre enfant comme on ne ferait même pas pour un lépreux.

— Eh quoi, don Francesco ? Je devrais la donner en pâture au monde ? Vous imaginez le chahut qui s'ensuivrait ? Des titres gros comme ça sur les journaux, un assaut de curieux, les interviews, les pèlerinages et tous les genres d'ennuis. Gare ! Un contrat de cinéma, c'est garanti, il n'y aurait pas moyen d'y échapper. Une chose pareille chez les Venanzi ! Le scandale. Jamais, jamais de la vie !

— Et qui te dit que cette publicité n'entre pas

dans le propos divin ? Et que justement la connaissance du prodige ne puisse pas avoir des effets incalculables sur les consciences ? Comme une sorte de nouveau petit messie, de sexe féminin. Penses-y, par exemple, si la comtesse Lucina se mettait à survoler la ligne de feu au Vietnam. Y penses-tu, mon enfant ?

— Je vous en supplie, don Francesco, assez ! Il me semble que je deviens fou. Mais qu'est-ce que j'ai fait pour mériter un tel malheur ?

— Ne l'appelle pas un malheur : qui sait, ce pourrait être un péché. En tant que mari, une dure épreuve t'a été imposée. D'accord. Mais à un certain point, tu dois te faire une raison. Dis-moi : y a-t-il quelqu'un, outre ta mère et moi, qui soit au courant de la chose ?

— Il ne manquerait plus que ça !

— Et les domestiques ?

— Rien. Lucina maintenant vit dans un petit appartement où je suis seul à entrer.

— Et le ménage ? La cuisine ?

— Elle fait tout elle-même. Vous savez, même dans un sens figuré, elle est vraiment un ange. Elle ne se plaint pas, elle ne proteste pas, elle a été la première à se rendre compte de la délicatesse de la situation.

— Et à la famille, aux amis, qu'avez-vous dit ?

— Qu'elle est allée faire un séjour chez ses parents dans le Val d'Aoste.

— Mais dis-moi, tu ne penses pas la tenir cloîtrée sa vie durant ?

— Qu'est-ce que j'en sais ! » Et il secouait la tête, désespéré. « Trouvez-moi une solution.

— Celle que je t'ai déjà dite, mon enfant. La délivrer, la présenter au monde telle qu'elle est. Je parie qu'elle commence à ronger son frein.

— Jamais de la vie, mon révérend. Je vous l'ai déjà dit. J'y ai longtemps réfléchi. C'est mon tourment, mon cauchemar. Je ne serais pas capable, je vous le jure, de supporter cette infamie. »

Mais le comte Giorgio se faisait des illusions. Octobre était venu. Des étangs qui entouraient la ville commençaient à se lever, dès midi, les fameux brouillards qui pendant toute la saison froide enveloppent la région d'une couche impénétrable. Les jours où son mari s'occupait de ses terres et ne revenait que la nuit tombée, la pauvre Lucina comprit qu'elle disposait d'une occasion formidable. D'un tempérament doux, et même paresseux, elle s'était adaptée à la prison de fer imposée par Giorgio. Mais en elle l'exaspération croissait de jour en jour. A moins de vingt ans, être bouclée dans la maison sans pouvoir voir une amie, sans avoir aucun contact avec les gens, sans même avoir le droit de se pencher à la fenêtre. En outre, c'était un supplice de ne pas pouvoir déployer ces merveilleuses ailes vibrantes de jeunesse et de santé. Plus d'une fois elle avait demandé à Giorgio de la conduire, la nuit, comme la première fois, en pleine campagne, à l'insu de tous, et de la laisser voleter quelques minutes. Mais l'homme était inflexible. Pour cette expédition nocturne, à laquelle avaient assisté aussi sa mère et don Francesco, on avait dû affronter un risque grave. Heureusement aucun étranger ne s'était aperçu de rien. Mais recommencer aurait été une folie : et pour satisfaire un caprice !

Eh bien, un après-midi de grisaille, vers la mi-octobre, le brouillard avait recouvert la ville, paralysant la circulation. Lucina se vêtit de deux collants de laine superposés, et évitant les pièces où se tenaient les domestiques, se glissa dans le jardin, enveloppée dans une cape. Elle regarda autour d'elle. Tout semblait enveloppé de ouate, personne ne pouvait la voir. Elle quitta son manteau et le cacha au pied d'un arbre. Elle se plaça dans une zone dégagée, agita ses chères ailes, s'envola au-dessus des toits.

Ces fugues clandestines, qui purent se renouveler avec une fréquence accrue à cause de l'inclémence de la saison, lui procuraient un extraordinaire réconfort. Elle avait le bon sens de s'éloigner tout de suite du centre, et de se diriger dans la direction opposée à celle où se trouvaient les propriétés de son mari. Là s'étendaient tout au plus des bois solitaires, et en proie à une ivresse indicible elle effleurait les cimes des arbres, plongeait dans la brume et quand elle apercevait l'ombre d'une bicoque, tournait sur elle-même, heureuse si quelque rare oiseau, lorsqu'il la rencontrait, s'enfuyait épouvanté.

Dans son innocence un peu frivole, la jeune comtesse ne se demandait pas pourquoi elle seule au monde avait reçu des ailes. Cela s'était passé ainsi, voilà tout. L'idée d'une mission surnaturelle ne l'effleurait même pas. Elle savait seulement qu'elle se sentait bien, sûre d'elle, dotée d'un pouvoir surhumain qui pendant ses vols la portait à un délire de béatitude.

Comme il arrive souvent, l'accoutumance à l'impunité finit par émousser la prudence. Un après-midi, après être sortie de l'épaisse couche de brouillard enfumé qui recouvrait hermétiquement la campagne, elle eut la curiosité d'explorer le territoire qui se trouvait en dessous. Elle plongea à pic dans la pénombre glacée de la brume et n'arrêta sa descente en piqué qu'à quelques mètres du sol.

Juste sous elle un jeune homme avec un fusil se dirigeait vers ce qui était sans doute le pavillon de chasse d'une des nombreuses réserves. Le chasseur, quand il entendit le battement des grandes ailes, se retourna brusquement et instinctivement pointa sa carabine.

Lucina comprit le danger. Au lieu de remonter, ce qu'elle n'aurait pas eu le temps de faire, au risque de trahir son secret elle cria à pleine voix : « Attends, ne tire pas ! » Et avant que l'homme ait pu se reprendre de sa surprise, elle se posa en face de lui, à deux pas.

Le chasseur était un certain Massimo Lauretta, un des plus brillants « lions » de la petite société provinciale; il avait à peine terminé ses études, appartenait à une famille excellente et riche, était un très bon skieur et pilotait des voitures de course; intime ami des époux Vernanzi. Malgré sa désinvolture accoutumée, son égarement fut tel que laissant tomber son arme, il s'agenouilla, les mains jointes, récitant à voix haute : « Ave Maria gratia plena... »

Lucina éclata de rire : « Mais qu'est-ce qui te prend, nigaud ? Ne vois-tu pas que je suis Lucina Venanzi ? »

L'autre se releva encore tout vacillant : « C'est toi ? Qu'est-ce qui t'arrive ? Comment... ?

— Laisse tomber, Massimo... Il fait un froid de chien ici...

— Entrons dans le pavillon, dit le jeune homme en indiquant le bâtiment. Le feu doit être allumé.

— Il y a d'autres chasseurs ?

— Personne, à l'exception du garde-chasse.

— Non, non, c'est impossible. »

Ils restèrent quelques instants à se regarder sans bouger. Puis Lucina :

« J'ai froid, je te dis. Embrasse-moi, au moins. »

Et le jeune homme, bien qu'il fût encore tout tremblant, ne se le fit pas répéter deux fois.

Ce soir-là, quand Giorgio Venanzi revint à la maison, il trouva sa femme dans le petit salon, elle était assise en train de coudre et des ailes il n'y avait plus trace.

« Lucina ! cria-t-il. Ma chérie ! Comment est-ce arrivé ?

— Quoi ? fit-elle imperturbable.

— Mais les ailes, voyons ! Qu'est-ce que tu as fait des ailes ?

— Les ailes ? Tu es devenu fou ? »

Complètement interdit, il ne savait quoi dire :

« Mais... je ne sais... J'ai dû faire un mauvais rêve. »

Du miracle (ou de l'infortune) personne ne sut jamais rien, à l'exception de Giorgio, de sa mère, de don Francesco et du jeune Massimo qui, en bon gentilhomme, n'en parla à aucun de ses amis. Mais même parmi ceux qui étaient au courant, l'argument devint tabou.

Seul don Francesco, quelques mois plus tard, un jour qu'il se trouvait seul avec Lucina, lui dit en souriant : « Dieu te veut vraiment du bien, Lucina. Tu ne peux pas nier que comme ange tu as eu vraiment une chance extraordinaire.

— Quelle chance ?

— Celle de rencontrer le Diable au bon moment. »

TABLE

ŒUVRES DE DINO BUZZATI

Aux Éditions Robert Laffont :

LE DÉSERT DES TARTARES
(Prix Halpérine Kaminsky, 1950)
BARNABO DES MONTAGNES,
suivi de LE SECRET DU BOSCO VECCHIO
L'ECROULEMENT DE LA BALIVERNA
L'IMAGE DE PIERRE
UN AMOUR
EN CE MOMENT PRÉCIS
LE K.

« Composition réalisée en ordinateur par IOTA »

IMPRIMÉ EN FRANCE PAR BRODARD ET TAUPIN
7, bd Romain-Rolland - Montrouge - Usine de La Flèche.
LE LIVRE DE POCHE -

ISBN : 2 - 253 - 01118 - 5

30/3119/2